Antes de cruzar el puente Matacaballos

Cisco Garcia

Antes de cruzar el puente Matacaballos.

Escritos periféricos.

Antes de cruzar el puente Matacaballos.
© Cisco Garcia, 2021

1ª edición: noviembre 2021.

©Imagen de la cubierta: Cesart Trinidad.

A Gerard y Susanna. Lleida,
6 de noviembre de 2021.

1

Sobre la repisa de la chimenea hay dos viejas postales, no lucen ahí con un sentido decorativo, sino como recuerdo de una apasionante relación. Se trata de dos antiguas unidades de ferrocarril fabricadas alrededor de los años setenta y en funcionamiento hasta finales de los ochenta. Los trenes, fueron mi medio de transporte en muchos viajes, cercanos y lejanos, también mis lienzos. Parece que he decidido comenzar a escribir sobre aquellos años en los que un joven graffiti nos unió y, dentro del cual, vivimos historias dignas de la letra de un juglar. Me imagino un juglar poco agraciado, con señales de una vida de excesos y penurias, más lo segundo que lo primero, en la que, librando lo uno y lo otro compusiese las canciones que narraran nuestras pericias. Tal episodio comprende el espacio que va desde 1990 a 1995. Creo que en esta dilatada suma de días se viven las historias que merecía la pena contar.

Mis recuerdos son un tanto vagos y un poco borrosos, creo que es debido en parte por mi marcha y pérdida de convivencia con el paisaje donde se dieron, ahora convertido en una porción de memoria turbia. Posiblemente, la pérdida de interés por ese paisaje ha incrementado mi olvido. Por eso pedí tu ayuda… Deduzco que me he convertido en algo tan distanciado de aquel que fui en aquellos años que me resulta difícil reconocerme.

Al sumergirme en aquel pasado encuentro argumentos para afirmar que fuimos afortunados de vivir y participar en el desarrollo de una interesante trama; un guion de la periferia, donde nosotros, livianos, tensamos la cuerda del bien y el mal. Pensé que se trataba de algo importante, algo que en cierta manera nos llevó a muchos a tener un motivo para dejar de ser, o no llegar a ser, aquello que parecía nuestro único destino, en el que teníamos reservada nuestra plaza de pertenencia a lo vulgar, aquella X en nuestra casilla de la existencia, la que señalaba nuestra denominación de origen.

Mi idea, tenía como premisa tratar mis inicios en el graffiti, periodo que se sitúa en la adolescencia. A través de los recuerdos que se desprenden de esos cinco primeros años en que el graffiti y el hiphop fueron una escuela, un motivo para esforzarse y crecer apasionadamente con unos contenidos muy especiales. Esos cinco años que me trasladan a esa franja en la que uno se empuja a tomar decisiones que se suponen adultas; aquellas donde se suele ir al encuentro de lo tangible. O quizás, el aperitivo que auguraba el fracaso del menú.

Mundanos conocedores de aquel entorno, como el animal salvaje que recorre bosques y prados, avezado de cada sendero, de sus lugares ocultos. Es posible que esto no tuviera un valor o mérito especial, pero tantas horas deambulando por las calles empujaba a conocerlas. Usamos sus trenes, sus metros, sus calles, pasando a ser nuestras calles, nuestros metros, nuestros trenes. Dejamos huella en su paisaje y, lo más inquietante -visto en perspectiva-, dejamos el rastro para otros que decidieron recorrer similares senderos, hallar nuestros lugares -ya no tan ocultos- y modificar nuevamente aquel entorno. Un paisaje que ya nunca fue el mismo, que alteró el de todos para ves a saber cuánto tiempo. Una de las cosas que define esta historia es que se trata de un recorrido colectivo, nada de esto hubiera sido posible de no haberse hecho como se hizo, en grupo.

El graffiti, nos convirtió en intrépidos personajes de Jack London en busca de la aventura -leí a Jack London hace muchos años y no recuerdo si sus personajes eran intrépidos, no sé el motivo que me trajo el recuerdo de su novela *Camino*, posiblemente el haber leído en *Bartleby y compañía* de Vila-Matas, un parágrafo que no transcribiré por no tener que gestionar el permiso de derechos de autor, pero que venía a decir que cuando algo le desconcertaba recurría a Jack London y su controvertida posición durante la implantación de la ley seca en Estados Unidos-, en la que recorrían largas distancias en los techos de los ferrocarriles, aprovechando las paradas, tejiendo amistades con el rabillo del ojo, aferrándose a cualquier descuido. Quizá, fue nuestro particular pasaporte, que ejerció para librarnos de ser un digito más en la preocupante cifra de "normaloides".

Debes haber intuido que no voy a realizar tal texto, que por diferentes motivos la pereza del recuerdo no me ayuda. A veces, alguna de aquellas aventuras viaja hasta el presente para tomar parte en alguna conversación, ofreciendo un enlace que sirva de referencia para comprender o poner luz en ese diálogo y, como suele ocurrir, acabar dibujando en el rostro ajeno una expresión en forma de mueca silenciosa, apenas descifrable.

Las noches, daban el cobijo necesario para hacer nuestras firmas, nuestras grandes obras, los ambiciosos trenes. Todo ello acompañado de aquellas relaciones rudas, vacilonas y, a veces, desagradables para los que no formaban parte. La magia de ver esos trenes pintados de punta a punta llegar a la cochera, fotografiarlos con nuestros métodos antiacadémicos pero efectivos, que daban lugar a empalmes de varias fotos formando una inmensa unidas por trocitos de celo al dorso. Éramos insolentes, impulsivos y a la vez tenaces, o nos vimos obligados a serlo. La decisión de emplear nuestros medios en algo tan potente y efímero nos moldeó, impulsándonos en una búsqueda inconsciente que acabó mudando nuestra capacidad.

Si lo deseas, puedo hacerte llegar mis notas y todo aquello que fui amasando para dar forma a ese texto; no soy capaz de llamarlo libro porque aún me queda periferia en las venas, la cual me impide en ocasiones creerme estar habilitado para usar según qué palabras.

Por supuesto, eres libre de embarcarte tú mismo en el proyecto, y libre de hacerlo a tu antojo. Aquello fue de todos y es posible que merezca una atención.

2

Recibí tu correo electrónico en el que me hablabas de hacerte llegar parte de las notas. Puedo afirmarme a mí mismo que, esta carta y la otra, al igual que tu correo electrónico, son falsos, imaginarias excusas para comenzar a divagar frente al portátil. Darte la noticia de que no existieron tales líneas, no hubo un estudio previo con notas y todo eso, creo que jamás he sido capaz de hacerlo. No sé por qué me adentro en este viaje por aquel pasado, no tengo una buena relación con mi anterior yo; al contrario, me he encargado durante años de acabar con él, de reformar aquel desastre inicial. Solo la compasión y la fuerza congénita de la juventud que no vuelve puede ser el motivo para tal ejercicio.

Tal vez, le deba una oportunidad a todo aquello que fui y pasó en aquellos salvajes e ignorantes años. O tal vez pierdo el tiempo como en tantas ocasiones. Y aun así, tras esta cruda autocrítica, he de admitir para mis adentros que aquello contenía ingredientes que dieron gusto saborear. Por eso – contradiciéndome, porque reconozco que en ocasiones me gusta contradecirme- propongo un brindis, uno solemne, para rememorar aquellos tiempos de chaval en que el graffiti y el hiphop se fundieron conmigo en un abrazo. Y sí, he levantado la copa de cerveza que me acompaña mientras escribo estas líneas, he mirado alrededor como si dudara, pero estoy solo, en el silencio de esta sala donde me encuentro ahora, en la que ni la voz de Albert Pla, que suena en este instante, parece emitir sonido alguno.

Es todo falso, formaba parte de la elaboración de una imaginaria carta en la que te comunicaba mis intenciones. Se trataba de algo a lo que posiblemente me hubiera gustado dedicar un tiempo, un estudio y unas páginas. Ya desde el principio sabía que no lo haría. El graffiti supone para mí algo muy diferente a lo que fue.

Lo que sí considero interesante de todo el recorrido, precisamente son esos años que marcaba como claves en nuestra inventada correspondencia, los que van desde 1990 a 1995. Todo lo que viene después, aunque me resisto a negar que aún resida en él la esencia, me sugiere dudas. Sí que dedicamos unas charlas, sin ninguna aspiración, a repasar estos años. Lo cierto es que, ese periodo, lo guardo como uno de los más importantes, se dieron en él muchas situaciones que de una u otra manera han dado forma a lo que soy, también recurro a él en busca de aventuras, anécdotas y rarezas. Y lo curioso es que empezó con los ingredientes más cercanos… Hasta ese momento, mi vida, era como la de tantos otros de esos barrios periféricos; un piso pequeño, una familia numerosa y ningún componente inmediato que me sedujera a comenzar una relación con cualquier contenido o expresión cultural.

Son escasos y difuminados los pasajes en los que aparece un vecino al que sí que le observaba ciertas inclinaciones, tan ausentes en mi entorno, y que había olvidado completamente. Fumaba en pipa y lucía una larga barba. Recuerdo a aquel hombre leyendo sin dar cuenta del alboroto que le rodeaba. Le tocó acarrear con nuestra vecindad, con mi ruidosa familia, y con unos mocosos que se colaban en su pequeño y oscuro piso. Vivíamos en una planta baja, en un sótano, todos mis amigos al contestar al interfono decían: ahora bajo, yo era el único que decía, ahora subo. No era algo premonitorio, pero recuerdo que era una diferencia que no me gustaba nada.

Esos bajos, donde viví los primeros años de mi vida, tenían un patio que mi abuela convirtió en una especie de patio andaluz. Plantas que ocupaban todos los rincones hacían de aquel espacio un lugar atractivo -sin aquella foresta perdía cualquier encanto-, e invitaba a pasar los ratos en él. El piso era pequeño, oscuro y nosotros éramos demasiados.

A lo largo del tiempo y en el marco de ese escenario, gatos, perros, conejos, pollos, incluso una tortuga cohabitaron con nosotros. Y al igual que llegaron se fueron, igual no, cada uno de ellos con un desenlace más o menos trágico, como Rober, mi perro. Nos tocó llorar más de una vez por alguno de aquellos animales que desaparecían de un día para otro. Paralelo a este ajetreo vivían esos otros vecinos, en un piso aún más pequeño, más oscuro y húmedo. El de la barba se llamaba como me llamo yo y vivía con su tía y su tío con los que formaba una combinación extraña. No solo la barba y pipa lo distinguía, se rodeaba de cosas que me llamaban la atención y despertaban mi curiosidad, elementos tan sencillos como un tablero de ajedrez, libros, comics varios, anotaciones en cuadernos que se repartían por la mesa y, un tocadiscos, en el que no recuerdo qué discos giraron.

Sus intrigas y ocupaciones eran muy diferentes de las que solía ver a adultos como mi padre o mi madre, por no mencionar a mi abuela. Me sentía bien con ese vecino misterioso, diría que no me acercaba mucho a él, su calma y sus silencios me intimidaban, aunque apenas recuerdo nada y puede que me esté inventando todo esto. Se trata del único ejemplo en el que pude descubrir curiosidades de este tipo y me las ofreció aquel misterioso vecino que mi madre calificaba de vago. La mayoría de los ingredientes sociales que me rodeaban me dirigían a ser mano de obra de este mundo, a sudar mi existencia, a doblar el lomo, a esforzarme para no ser un vago como el de la pipa y la barba.

Me encantaría haber tenido un microscopio en aquella infancia en la que arrojaba a las telas de araña insectos que cazaba. Mientras se retorcía la pobre víctima, yo observaba con atención el momento en el que la araña pasaría al ataque saliendo de aquel túnel tejido por ella, tan rápida que a veces me asustaba, un susto silencioso, de esos que no consiguen moverte el cuerpo. Un microscopio hubiera sido genial, habría pasado las innumerables horas de los inacabables días de aquella infancia mirando las cosas de muy cerca.

No sé por qué me molesto en ofrecer detalles, en mi historia no surjo de un entorno sensible y aunque quedara muy bien aquí escrito, no me crie rodeado de libros, ni de vinilos, ni ejemplos que me sacudieran el cerebro y me hicieran plantearme preguntas. No colgaban cuadros en las paredes, aunque fueran baratas copias de alguna obra de referencia. No hubo viajes, ni se explicaron cuentos. Mi lenta y costosa transformación comenzó con un amigo y la calle, elementos sencillos, gratuitos e inmediatos que no parecían anunciar grandes cambios.

3

Inquieto, sí, posiblemente sea así. Inquieto por el vértigo de los años, por la toma de conciencia de ser un hombre cuarentón y de seguir con muchos de sus inocentes pasos, persiguiendo escurridizos sueños. La vida es algo serio -se lo ha escuchado repetir una y otra vez a un imbécil en una tertulia futbolística, mientras tomaba un café en un bar de esos que mantienen encendido el televisor creyendo que genera ambiente- y por más seria que sea no la afronta como tal; si supiera cómo se toma en serio la vida sabría qué hacer con ese tiempo. Descifrar qué es lo serio ya es tarea compleja y confusa.

Ser capaz de comenzar y convencer, hacerlo de tal manera que incluso parece que lo ha logrado. Cuestionarse para volver a creer en sí mismo; quizás se trata de eso. Quizás la vida es un recorrido de improvisación, de incertezas y creencias, un despojarse de las marchitas hojas para esperar los brotes de esa nueva primavera. En eso, la naturaleza nos ofrece su modelo, ese estacional empeño en seguir. Por algún motivo -se lo atribuye a la falta de concentración premeditada-, le cuesta ordenar los recuerdos, recuerdos que, como pasajes borrosos que no ha sido capaz de archivar se distorsionan en una secuencia de imágenes pixeladas y demasiado fugaces, una habitación de espejos. Mudanzas, espacios incorporados y desechados, relaciones y rostros, cosas a medio-hacer…Todo ello ha ayudado a esa sensación de recuerdos evaporados. Ha tomado alguna nota en la pequeña libreta *Claire Fontaine* robada en la papelería hace unos días, cuando compró dos libros y un par de rotuladores caligráficos que ascendieron a cincuenta y nueve euros, robar esa pequeña libreta le pareció, como mínimo, lo justo. En ella ha apuntado: Los brotes verdes son la fuerza de la persistencia y, las malas hierbas, la excelencia del abrirse paso.

4

Había coincidido con él en alguna ocasión. Para ser más concreto, era el vecino de uno de mis mejores amigos de la infancia. Le llamábamos Manu, vivía en un cuarto piso creo, no tenía que decir ahora subo, tampoco sé si tendría microscopio ni un patio donde las arañas esperaran su presa. No mantuvimos relación alguna en los primeros años de mi niñez, aquellos que llegaban hasta octavo de enseñanza general básica y que estudiamos en diferentes cursos del mismo centro. Por otro lado, vivíamos muy cerca y, por supuesto, nos habíamos visto muchas veces. Donde se unen nuestros caminos es en el instituto. De mi grupo de amigos de clase en E.G.B yo fui el único que acabó en un instituto más o menos lejano. Éramos de Hospitalet, del "prestigioso" barrio de La Florida, y el instituto al que me matriculé estaba en Barcelona, unas diez paradas de metro más allá. En aquel instituto coincidí con Manu, los dos disfrutábamos de las ventajas del horario intensivo que nos dejaba horas libres para vernos.

En la parada de metro de la L5 Hospital Clínic, se encontraba la grandiosa Escuela Industrial (antigua fábrica Batlló). Edificios de estilo modernista y un trazado de calles entre ellos que llevaban de un edificio a otro. En un extremo había un campo de fútbol de tierra, junto a él, una gran chimenea de ladrillo recordaba su pasado industrial y, al otro lado, el edificio central donde la arquitectura modernista era más elaborada y el cuidado de los interiores ofrecía su aspecto más imponente y monumental. De allí, una calle amplia te conducía hacia los edificios que ocupaban los talleres y laboratorios. El conjunto de edificios y su perímetro ocupaban cuatro islas de l'Eixample y se enseñaban la mayoría de oficios existentes. Esta gran oferta educativa provocaba que asistiera gente muy diversa y de diferentes edades, manifestándose todas las tendencias que inquietaban a los jóvenes de aquella época.

Manu, entre otras cosas, era un experto y sofisticado falsificador de tarjetas de metro. Buscábamos en las estaciones tarjetas que apenas tuviesen las marcas de tinta que dejaba la máquina al picar el billete, y que anotaba fecha y hora en una resolución bastante baja. También era necesario que estuvieran muy bien conservadas, sin dobleces. Por algún motivo que no recuerdo él solía hacer las tarjetas de dos viajes. Su técnica era infalible, demostrando una habilidad asombrosa y una gran capacidad para las manualidades. Recortaba de otra tarjeta el material necesario para ocupar el espacio vacío y crear los viajes, con rotring rellenaba el dibujo trasero de la tarjeta. Una vez en la estación, se trataba de funcionar con naturalidad y tener preparada, si era posible, una tarjeta original con algún viaje por si fallaba. Aunque no recuerdo que aquellas tarjetas fallaran. Eso nos permitía viajar siempre que lo necesitábamos y destinar ese presupuesto a nuestros asuntos, nuestros materiales.

Él fue quien me dio a conocer los zapatos Dr.Marten's cuando apenas una minoría sabía de ellos. Los compramos en una tienda que había en la calle Ample del barrio chino de Barcelona; con el dinero bien escondido en el calcetín porque teníamos que atravesar algunas calles delicadas. Un día, apareció con un rotulador grueso, un edding 850. En la misma calle donde yo vivía, en la que, sentados en una especie de banco de hormigón que delimitaba el dibujo de unos jardines donde pasábamos el rato, escribió, con una caligrafía peculiar y unas letras muy juntas que formaban una palabra, su firma. Lo hizo en aquel mismo hormigón, también en la papelera, y usó un cercano contenedor para reciclar el vidrio, de aquellos verdes que eran redondeados y en los que me había subido tantas veces cuando apenas era un mocoso.

Al día siguiente me quise hacer con uno de esos rotuladores, tuvimos que desplazarnos a una tienda cerca de La Modelo, en el barrio de Entença. Él me explicó que tenía que buscarme un nombre, un tag. En lugar del edding compramos una *Linterna,* un rotulador más grueso aún y que desprendía un fuerte olor. También me hice con un Posca color crema que demandaba superficies poco porosas como el contenedor del vidrio, las papeleras… Practiqué la caligrafía con unos penosos resultados, acabando con libretas en apenas minutos y buscando en las calles recónditos lugares para mi excitante práctica. A las pocas semanas, conocimos a otros chicos de nuestro barrio que llevaban unos meses más en esta peculiar movida, desconocida, al margen y lejos del entendimiento de todos los demás. Formaban un grupo, que ya iba a desaparecer, para crear uno nuevo. Dejarían ZD (death zone) para convertirlo en MSC (masacre). Nos incluyeron con la grata acogida que caracteriza a los chicos de barrio y nos llevaron a Universitat, la parada de metro de la línea

1, donde el domingo por la mañana se daba la misa del graffiti, un graffiti joven, aún con olor a nuevo.

5

La tos ha vuelto a ser un fastidio para coger el sueño, esa tos que suele aparecer cuando el otoño y el invierno se mezclan interpretando por momentos uno el papel del otro. Ha decidido dormir en la habitación pequeña para no incomodar con la insufrible percusión pulmonar. El frío se desliza por un jueves gris y húmedo debido a una lluvia poco visible. Pero aún el invierno no se ha instalado, apenas se ha colado por la puerta y enarcado una ceja a modo de saludo, pues realmente corren días de octubre, los primeros frescos días de octubre. Los árboles mantienen gran parte de sus hojas que, aunque desde la distancia nos exhiben una combinación de colores maravillosos, dotando a los caducos de una singularidad estética que hacen del otoño una bella estampa, en la cercanía, muestran su decadencia y su iniciado estado marchito.

Mientras daba sorbos al café pensando en esas hojas, y la desnudez que espera cuando, ya sea por el viento o el paso de los días, estas cayesen, lo ha relacionado con objetos de la vida cotidiana que estaban acercándose a su final, a su previsible obsolescencia. Varios de estos soportes que se necesitan para el correcto funcionamiento de los hogares modernos se encuentran en ese momento: lavadora, nevera y otras tantas cosas compradas casi a la vez hace veintiún años. El que alguna de estas máquinas deje de funcionar le supone incomodidades financieras que detesta, aparte de ser maquinaria cotidiana de la que aborrece tener que ocuparse. Intenta dejar de pensar en lo que puede pasar y se centra en lo que está pasando, algo tan banal, cotidiano y necesario como tender una lavadora que ya acabó, el ruidoso centrifugado le ha sacado de esas cavilaciones de obsolescencia y caducidad. El exterior está descartado desde que el frío de poniente llegó, así que la tiende en la habitación, la mayoría son sábanas y toallas.

Ha pensado en la posibilidad de salir a comprar el pan, pero el pie aún le molesta y le es fácil detener su atención en impredecibles curiosidades que aparcan el asunto. Se siente afortunado de poder emplear las largas horas en aquello que le parezca oportuno, liberado por el salvoconducto que supone el que la nómina se ingrese sin cambios a final de mes. Está pagado lo que le dé la gana hacer.

Intenta favorecer el curso de esas decisiones y aprovechar hasta que se agote el actual estado de las cosas. El pie no le permite volver al trabajo, aquel que cada final de mes deposita en su cuenta una cifra injusta e insultante, y que además, le ofrece un pantallazo de su fracaso. Pero ahora, esa cifra, a cambio de la vida que se está pegando…Después del primer susto del accidente y asumir la incomodidad de las muletas y el tobillo enyesado, parece una situación perfecta, un trato privilegiado que, si no fuera por la falta de una normal movilidad física provocada por la lesión parecería un plan diseñado por él mismo, permitiéndole ocuparse de sus reducidos gastos y ofreciéndole un tiempo para ser gestionado por su sofisticado y supervisado antojo.

Una voz se acerca diciéndole vaaago, no puede ser otra que la voz de su madre, recorriendo 170 kilómetros desde Barcelona hasta llegar a la estancia donde se encuentra ahora; reniegos de indignación por la actitud de flojo, de falta de compromiso laboral, de deambular por el absurdo camino de lo innecesario, incluso se pondría un poco nerviosa por verle tan pancho y sin queja alguna por la situación. Casi que, con total seguridad, atribuye la voz a su madre, pero no está seguro, ese acento…Aunque no es un vago, no, no lo es.

Se defiende bien en la cocina, se desenvuelve con soltura y el espacio queda limpio, durante, y después de la elaboración de cualquier receta. Se sabe manejar en las tareas domésticas con rapidez…Esto sí se lo debe en parte a su madre, a su implacable actitud de hacer de los demás provechosos trabajadores. Poseer esas aptitudes -aunque alteradas por manías aplicadas a los procesos-, le permite dedicar más tiempo a leer o dibujar que a limpiar y ordenar. Sistemas bien pulidos por los años le permiten acometer esas tareas en buenos tiempos y con iguales resultados; también le generan un bienestar consigo mismo cuando, una vez acabadas, ya puede divagar por su otro mundo, en esa otra realidad donde desconecta de aquello que pesa, de lo que se mueve, lo que le distrae. Pero ahora, la lesión lo mantiene postrado y únicamente puede dedicar las largas horas del día a leer, dibujar y probar suerte con alguna película.

6

En este viaje por el tiempo, recorriendo pasajes borrosos semejantes al intento de recordar los sueños, como una sucesión de imágenes que de pronto saltan de un momento a otro y donde la percepción no es precisa, he ido abriendo puertas que me han llevado a estancias que había olvidado. En una de las diferentes secuencias que se me han aparecido me he visto en un pequeño cuadro sin bordes, semejante a una pantalla, desdibujado por una niebla que daba aspecto de recuerdo antiguo a la imagen; en ella, me veía a mí mismo en el rastreo obsesivo de una enciclopedia que teníamos en casa, una Vox poco fiable, de aquellas salpicadas por la aún caliente dictadura.

En las conversaciones mantenidas con Salva o Vidal, he visto que la memoria es un espacio particular susceptible de la influencia colectiva. Parece haber tomado forma con las versiones que se han relatado innumerables veces en aquellos años, llegando a cuajar una colectiva en la que, más o menos todos explican el mismo relato. A veces, pierdo el interés por describir esos pasajes y tengo tendencia a irme por otros senderos que se alejan de ese propósito. Estos días, me ha costado encontrar el momento para retomar el relato debido a esta crisis de proporciones desmedidas que ni el más enrevesado guionista de Hollywood imaginase.

Hoy me he colado en estas líneas, es jueves, jueves santo. Un jueves santo sin procesiones, un jueves santo sin desplazamiento. Debería estar en Vilanova, disfrutando de su paisaje, de su buen dormir. De reencontrarme con algún amigo que echo de menos. Instalarme en su ritmo, caminar sus senderos en busca de los primeros espárragos. Otra de las cosas que encuentro a faltar es recorrer los rincones de la casa, abrir sus cajones, actualizar en la memoria el contenido que guardan… Allí tengo mis cosas, las que voy acumulando y he acumulado a lo largo de mi vida. Mis libros, fotografías, cuadros, revistas, antiguos documentos de graffiti, curiosidades varias y algún tesoro. También tengo herramientas que pueden realizar mejoras o resolver problemas. Aquí, en la ciudad, estamos de inquilinos en un piso amueblado y, como he vivido ya bastantes años de alquiler, decidí tener las cosas en Vilanova. Aquella es nuestra casa, por eso las cosas que se han de guardar se guardan allí, aunque se me aparece la visión de unas letras impresas por una vieja Olivetti formando una frase que cita a Kafka: *Lo que sea que estés buscando no va a llegar en la forma que lo esperas.*

Los libros que leo, cuando suman más de cinco o seis y se hace un viaje a Vilanova, los llevo y suelo coger alguno para consulta o relectura. Siempre repito esas operaciones de forma bastante similar. Dicho así, parece que se encuentre allí una gran biblioteca, no, no es el caso. Desde hace años, tengo el hábito –convertido en necesidad- de leer. Trabajé seis años en una librería en la que me hacían un buen descuento, pero la mayor parte de libros los he leído prestados por la Biblioteca. Mis libros, forman una pequeña colección que he ido haciendo con los años, con títulos que se sostienen al paso de los días y a mi sistema de interés rotativo en el que, como los planetas, vuelvo a posicionarme frente alguno de ellos.

Cuando trabajaba en la librería tenía un método que intentaba cumplir a rajatabla: comprar aquello que me interesaba y que no se encontrase en las Bibliotecas públicas que frecuentaba. Los iba apartando en una estantería de mi espacio de trabajo, sin darme cuenta y con el paso de los días o semanas se iban acumulando entre diez o quince libros allí. A veces, como los habíamos introducido en stock pero no se habían bajado a planta, ocurría que algún cliente preguntaba por él y, al no encontrarlo en su debido lugar, la Montse o la Estefanía eran capaces de intuir que, el paradero del libro que no aparecía, cumplía con los rasgos de aquello que se acumulaba en mi ilusoria cesta de la compra. Cuando eso ocurría era el momento de devolver la mayoría a su sitio, a su estantería correspondiente a la espera del posible lector, quedándome con uno o dos que sí eran firmes candidatos a la compra. Aquello que yo hacía era una especie de compra ilusoria, me saciaba sin llegar a gastar un euro. Tenerlos allí, ojearlos, incluso leer algunos muy cortos convertía la decisión de comprar en una decisión sólida y acababan siendo pocos los que venían a casa.

Siempre Vilanova me suministra materiales que bajan con nosotros al piso de la ciudad y que en algún momento volverán a subir. Mi estantería en el piso es bastante pobre, aunque ahora, este confinamiento y el invierno previo -durante el cual no subimos- han acumulado una treintena de libros, entre nuevas adquisiciones, de consulta o relectura. Tengo ganas de verlos en su espacio de Vilanova, aunque allí el espacio se está agotando. Aquella casa necesita una reestructuración y una mano de pintura, también el sacrificio de viejos muebles de diseño obsoleto para una mayor efectividad del limitado espacio.

<< No me han dejado ir al huerto, no me han dejado ir al puto huerto, me querían multar por ir a preparar la siembra de las patatas y coger unas espinacas. En cambio sí que me permiten ir a comprar al súper...>>

Hablan y a veces no les escucho, veo moverse sus mandíbulas arriba y abajo sin tan siquiera subtítulos. No sé por dónde empezar, tan solo hay que sacar la cabeza a la ventana para recibir el impacto producido por las medidas impuestas. Muy poca gente o apenas nadie camina las calles, de estos, la mayoría llevan atado un perro a la mano que quizá evite el contagio...Cómo podemos sacar de la mente todo este absurdo, liberar ese espacio de nuestra memoria. Echo de menos Vilanova por eso, por la ausencia de estímulos absurdos que ajetrean el cerebro y desgastan.

Hoy se cumplen veintisiete días de confinamiento. La primera quincena sin tantas restricciones, la segunda, en un estado de alarma decretado por el gobierno que ha dejado unas ciudades que parecen grandes maquetas con un aura a lo Hopper, unas ciudades y pueblos con un protagonista: la ausencia.

Los supermercados, son los únicos lugares donde uno se encuentra a una cantidad de humanos semejante a lo anterior de esta cosa. Esquivándose, protegiéndose del invisible, del microscópico enemigo. Mientras esperaba en la cola del pescado, desde un lugar que permitía el paso y la distancia, empecé a pensar en esas imágenes que circulaban frente a mí. Las personas, caminaban con extremo cuidado, luciendo mascarillas con varios días a cuestas, alguna de elaboración casera con menor o mayor acierto. Los guantes enfundados, o en su ausencia, bolsas de plástico en las manos. Los veintitantos días sin peluquería que soporta la gente empiezan a notarse, la relajación estética después de tantas horas acumuladas en pijama o chándal, también.

Aparte de ver personas paseando perros se ven otras cosas desde la ventana. Parte de mi actividad, si el clima lo permite, la hago en la terraza. De esta manera, me he dado cuenta que voy acumulando, sin proponérmelo, una serie de datos que van ofreciéndome información de acciones y hábitos ajenos. El ejercicio físico, sí, esa es una de las cosas que genera más excentricidades. Montaigne, que dejaba anotado en sus ensayos la importancia de realizar con rigor y asiduidad el ejercicio físico, se quedaría de piedra al ver la caprichosa situación actual.

Hace unos años, mientras esperaba en el coche a que S bajara de la oficina, en mi campo de visión lucía el aparador inmenso de un gimnasio relativamente nuevo y moderno, una pared enorme de vidrio transparente ofrecía la imagen de hombres y mujeres corriendo o caminando encima de unas máquinas que simulaban el asfalto, y que ofrecían mayor o menor resistencia a los pasos controlándose mediante unos botones. La escena me provocó tristeza o rabia, no sé, a veces me muestro caprichosamente indeciso. Esa escena de cautividad voluntaria, una cautividad bien valorada socialmente acabó manteniéndome ocupado durante la espera en el coche. Ya superé eso, no me importa y guardo o intento guardar silencio frente argumentos o imágenes de este tipo, intento guardar silencio ante muchas cosas, no todas las que debiera, y me he dado cuenta que es curativo. De pocos silencios me arrepiento, aunque de algunos sí. He intentado recordar los silencios de los que me arrepiento. Me pasa como con las citas literarias, las echo en falta como se echa en falta un diente.

He visto un hombre corriendo en su balcón, yendo y viniendo (este tenía un balcón bastante más grande de lo común, exageradamente grande) en un recorrido desmoralizador, equipado con su ropa deportiva para la ocasión. Le observé durante unos minutos desde la calle, él, a ocho o más pisos de altura, aparecía y desaparecía de mi perspectiva.
Mientras, yo intento retomar el hilo del relato que iba construyendo sobre aquellos años, aquellos borrosos tiempos de baja resolución, de rostros jóvenes, despreocupados de todo.

Aprovecho este tiempo que, recibido por la crisis provocada por un virus, vuelve a prestarse a mi disposición. Así que, llevo desde el pasado viernes encerrado, hoy es miércoles. Apenas he podido dedicar tiempo a ampliar el contenido de este archivo que provisionalmente lleva como nombre *"Añorados fracasos"*.

Tras unos minutos, sumido en ensoñaciones, sin pestañear, sin tragar saliva, con la mirada fijada en un punto muerto y, a la vez, sin mirar nada en concreto...He conseguido tomar conciencia del momento, del contenido de esa pausa que no he provocado. Trataba sobre la duda, sobre la dificultad de elegir, sobre algo que siempre cuestiona todo lo que me propongo. Una lucha interna y agotadora que, aunque Borges, considerara que <<*la duda es uno de los nombres de la inteligencia*>>, a mí me deja exhausto, fatigado. Sin descanso en su empeño por interrogarme, en ofrecerme otras vías -indiscernibles a menudo-, otros caminos por recorrer que no aparecen en el mapa. Paralelamente, otra voluntad que tampoco controlo, se empeña en ofrecer unos principios que establezcan cierta calma, un ánimo a ser más piadoso conmigo mismo, más comprensivo, incluso a restar importancia a muchas de estas ideas que deambulan por mi mente y poder convivir con ellas con la intención, quizá, que dejen de ser un incordio por sí solas.

Pero eso no pasa, la duda es implacable, corrosiva, no me ayuda ni Dante << *no menos que el saber me place dudar.* >> Cuando más creo que sé, cuando más creo que aprendo, cuando más cerca creo que estoy, más sofisticada se vuelve, más dudas siembra en mí. Lo peor de todo es que la siembra brota en respuesta al abono de la propia existencia, esos brotes llegan a crecer, algunos consigo arrancarlos de cuajo porque deben ser arrancados.

En ocasiones me he dicho -y parece cosa de chalados- : busca dentro de ti, provoca aquello que necesitas sacar y emplea tus conocimientos y habilidades en darle forma. Pero se repite que, ya sea alguno de esos malditos brotes o alguna siembra nueva lo vuelve a cuestionar todo. Y, he llegado a pensar que se pueda tratar de una naturaleza propia, de una forma de funcionar concreta, pero incluso ahí aparece esa voz susurrándome que también puede ser falta de autenticidad, de originalidad, el jueguecito del occidental.

Una vez, me propuse quedarme a solas, no ver nada de lo que hacen o hicieron otros, no mostrar nada de lo que hice o hiciese a ningún observador; despojar a mi ego de todo elemento externo, privarle de cualquier falso o verdadero reconocimiento.

Aislarlo, alejarlo del premio o la frustración hasta que se calme, hasta que recupere el aliento, hasta que pierda toda esperanza. Una vez llegado ahí, a ese estado, con las pulsaciones estables y cierto silencio interno, preguntarme: cómo coño lo quiero hacer.

Quizá, tendría que haber sido un estafador, porque a veces así me siento, por haber creado un personaje que intenta hacer aquello que no se ceñía al guion, que lo mejor sería tratar de ser uno más, contentarse con tener un hogar, con tener alguien con quien compartirlo, alguien con quien reír a veces, alimentos para cumplir con las necesidades biológicas; alguien, que tal vez formara una familia y tuviera algún jodido hobby, que leyera alguna historia y realizara algún viaje. ¿En qué momento se complica todo? ¿Cuándo surge la duda? ¿Cuándo la estafa? ¿Reside la coherencia en esta incoherencia? Pues ya son muchos años, media vida dando golpes a esa piñata con los ojos vendados y, aunque acertando algunos de esos golpes, sentir que el contenido vuelve a cegarlos de nuevo para comenzar una vez más. Tal vez esta es la única lectura, tal vez mi camino es ese y deba aceptarlo. Sigo buscando la solución y el correr de los años me ha dado alguna. Me he restado importancia y he perdido una buena porción de esperanza. Ojalá encontrara la capacidad de seguir el camino sin esperar, sin importar, sin juzgar. Hace unos días, releí a Marcel Duchamp.

Universitat, una estación de metro con unos vestíbulos muy amplios donde iban a desembocar múltiples accesos. Se cuenta que, en esos vestíbulos, empezaron a bailar breakdance los pioneros del hiphop en Barcelona antes de que los escritores de graffiti aparecieran por allí. Aunque parece que una cosa está ligada a la otra, los primeros *breakers* fueron en muchos casos los primeros escritores.

La historia que narran los más antiguos y que ilustra alguna imagen que circula, habla de un primer graffiti que hicieron los breakers en los 80's. Decía *Puppet's* y duró hasta que, a finales de los 80's y principio de los 90's reformaron aquel muro que pasó a albergar firmas y contornos hasta la saciedad. También recuerdo un graffiti de los Golden, un grupo pionero que hizo varias actuaciones con permiso en estaciones de metro y también muros en las calles. La memoria me acerca un distorsionado recuerdo de un graffiti colorido en el que varios *home-boy* acompañaban unas letras y un vagón de metro. Este grupo, del que no conocí a ningún miembro y que imagino eran unos años mayores que yo y mis amigos, fue siempre un grupo que llevaba con ellos a cuestas una fama crítica, se les acusaba de usar plantillas para conseguir los efectos, también de usar pinceles y rotuladores en sus graffitis.

Lo habitual, en aquellos que formaban parte del hiphop barcelonés, era mantener una actitud bastante ortodoxa al respecto, incluso sin apenas tener conocimientos ni información, lo que llevaba a creer firmemente y defender unas posturas que en muchos casos estaban más que equivocadas, que apenas tenían sentido. Entiendo -y probablemente me equivoque-, que los que eran unos años mayores que mis amigos y yo, cuando comenzaron, disponían aún de menos información; la nuestra era en parte gracias a ellos y aun así era escasísima. De alguna forma, estos pioneros, basándose en ejemplos que habían visto en algún viaje, intentaron establecer unas bases de cómo debían ser las cosas, qué era buena música y cual no, el vestuario molón, el argot…Aquellas primeras publicaciones caseras en formato de fanzine sirvieron para difundir esos conceptos. La palabra *toy* - que no solo viene a definir al inexperto, sino aquel incapaz de incorporar la información y técnicas-, fue el adjetivo que despreciaba todo aquello que no se regía por aquellas aún confusas directrices. Aunque el concepto de *toy* acabó degenerando, degradándose, y básicamente se utilizaba para definir a alguien que empezaba...También sabemos desde hace ya un tiempo que, la información, tan valiosa y escasa en aquellos tiempos, gracias a la osadía de aquellos pioneros fue llegando a los demás; pero parece que se compartió con cierta reserva y, aunque no hubiera sido así, el que esta información llegara a los diferentes extra-radios de Barcelona era bastante complicado. Algunos de estos jóvenes precursores del hiphop en Barcelona viajaron a Londres y París, viajes que tuvieron un tremendo impacto en su propia evolución y en la de su entorno En mi entorno, la información fue muy escasa y tardamos unos años en acceder a documentos que algunos de estos precursores hacía largo tiempo que disfrutaban. Muchos de nosotros veíamos lo que hacían los pioneros de la ciudad, pero ellos, habían visto y veían en videos y libros lo que habían hecho en Nueva York, París o Londres, eso creó una diferencia enorme.

Aquel vestíbulo, el de la estación de metro de Universitat, contaba con varias tiendas, el típico quiosco y un bar. El pavimento era especialmente liso, por lo que era ideal para bailar breakdance. Cuando nosotros empezamos a ir a Universitat ya había un numeroso grupo de gente que normalmente se concentraba en la salida que daba a la calle Pelayo, todo repleto de firmas que se renovaban cada domingo. Allí, uno de los más veteranos empezó a comercializar unos fanzines que recogían, con los escasos medios del momento, los graffitis que se repartían por la ciudad. A pesar de la pobre calidad de las fotocopias hacíamos todo lo posible para hacernos con un ejemplar, en aquel momento nos parecían auténticas joyas. .

Convertidos ya en personajes de una experimental novela, una de la periferia, de esas que apenas interesan a nadie, de paisajes a medio construir, sucios y mal trazados...Siendo protagonistas, sin aún saberlo, de un episodio que sacudiría nuestras vidas y la de tantos otros habitantes de las ciudades. El graffiti, se abría hueco en las culturas alternativas ocupadas por *heavies, calorros, punkis, mod´s, rockeros y skins*. Aún tardarían un tiempo en etiquetar a los escritores de graffiti, en entender qué inquietudes tenían y en cómo las llevaban a cabo. Existía una diferencia respecto a las otras culturas alternativas, y es que, en el hiphop todos éramos muy jóvenes, unos críos al lado de los diferentes clanes urbanos. El hiphop llegaba como algo nuevo, no habíamos heredado de anteriores generaciones, ninguno de los contenidos. Y quizá por eso sedujo a los más jóvenes, a los que aún no se habían decantado por una forma de expresarse.

Los amigos y las horas que pasábamos juntos lo recuerdo como momentos felices en los que compartíamos afinidades y descubrimientos. Todos éramos fundamentales en aquellas relaciones que coexistían en un mundo particular. Empujados por el mismo viento, deslizándonos por esas aguas desconocidas con el propósito de descubrir juntos lo que nos había hechizado. Tal vez ayudados por la escasez de contenidos atractivos en el núcleo familiar, aunque sobretodo porque aquello que hacíamos era realmente emocionante.

En más de una ocasión, me veo inmerso en una conversación en la que mi interlocutor me explica pasajes de una infancia, quizá de la suya y, cuando eso pasa y este tira atrás en su memoria suelen aparecer episodios que describen mucho de lo que a nosotros nos faltaba, nuestras carencias. Cuando eso ocurre, suele ser porque (normalmente) la figura de un familiar juega un papel importante, que inspira y señala posibles caminos por recorrer. Por lo común, estos ofrecen una perspectiva que muestra la existencia de muchas posibilidades.

Puede que los intereses que se generan en esos casos sean capaces de activar una curiosidad duradera. La mirada que surge tras esas relaciones tempranas, la inspiración que produce el contacto con según qué contenidos, con según qué instrumentos, pueden provocar una influencia evidente –lo demuestra que en ese preciso momento aparezca en la conversación-. Por el contrario, el modelo que conocí de infancia, era una infancia desnutrida de soportes que enriquecieran las múltiples posibilidades de imaginar la dimensión y belleza del mundo, sus múltiples caminos. Una infancia que de la carencia se creó a sí misma, para quizás muscularse en un futuro. Aunque esa infancia, es anterior a todo esto, a todo lo que intento explicar sobre el graffiti y ese periodo concreto al que podríamos situar entre la adolescencia y la primera juventud.

Viví la infancia que me tocó, y las situaciones vividas forman parte del contenido de lo que soy. De haber sido más generosa podría haberme llevado a terrenos inimaginables, a espacios por explorar, a metas de enorme dificultad, a sueños que despertaran la admiración de los demás. No lo hizo, y aunque fue maravillosa en ciertas cosas, fue otra, y parecía un modelo que debiera servir para muchos, un modelo de instauración general para los periféricos habitantes de tantos lugares. Por eso, cuando el graffiti aparece en mi vida, inconscientemente me agarro a él para quizá escapar de esa red en la que tantos debíamos caer.

9

De momento, de los que he solicitado ayuda para construir este relato errante que me empeño en escribir, esta ha sido más bien escasa y de poca utilidad. He estado hablando durante este mes pasado de esa manera que se habla ahora, a través de mensajes de Telegram (en mi caso, con la opción de audio) con Salva. Las conversaciones que he tenido con él, han dejado bastante claro que mi memoria ha hecho una gestión de su espacio como le ha parecido a ella, citando a Stevenson <<*mi memoria es magnífica para olvidar*>>. Resulta, que no recuerdo cosas que debería recordar. En esas conversaciones, incluso tuve algún leve síntoma de amnesia o de una posible ausencia total, como un fantasma de lo que pasó, inducido a ese estado por los continuos resoplos de mi amigo.

He intentado defender, ante las acometidas de mi amigo por no recordar este y aquel episodio, los motivos por los que considero que esas informaciones puedan haberse evaporado. Lo cierto, es que una vez escuchadas sus exposiciones, puedo perdonar a mi memoria el haberlas sacrificado para restaurar ese espacio. Muchas, eran situaciones prescindibles de ser recordadas, otras eran detalles curiosos y, las pocas, eran temas que ciertamente no recordaba y que podían ser útiles para lo que tenía entre manos. También debido a la situación de conversación cuestionario, en la que se me preguntaba sobre sucesos y hechos como en un *Trivial Pursuit,* la mayoría las fallaba o simplemente desconocía su existencia.

Mi interlocutor, mi amigo, con su dosis de cachondeo y sorpresa no daba crédito al olvido. Pero lo cierto es que puedo explicarlo, aunque semejante explicación esté desposeída de base científica y carezca de fundamento más allá del que le otorgo yo mismo. Dicen que las personas no cambian y quizá sea cierto. Incluso puedo firmar eso si se me pregunta, aunque prefiero no hacerlo porque es una afirmación peligrosa. Yo no cambié, de acuerdo, tal vez es probable que estuviera cubierto de una especie de membrana que a pesar de no impedirme realizar mis actos, sí creciera con ella a cuestas pasando desapercibida a mis ojos y a los del resto. Esa membrana, podría estar hecha de múltiples capas viscosas de estupidez. Una estupidez que, con el tiempo, pasaría a retroceder o como mínimo ser consciente de ella misma.

Desde que abandono el paisaje que me acompañó desde mi infancia, mi interés por otras tantas cosas se irguió descomunalmente hacia extensiones que me eran complejas de asumir. Mi esfuerzo se centró en ellas, en ocuparme de lograr ser hábil en ese nuevo paisaje y contexto en el que había aparecido. No se trataba de un cambio producido por una gran distancia física, sino por un estado nuevo de las cosas que dio comienzo desde mi partida, que quizás ya diera comienzo un tiempo antes aunque camuflado por mi pertenencia a lo previo.

Al librarme de mi paisaje, alejándome de mi entorno personal y físico, se dieron las condiciones para comenzar a despojarme de esa membrana de la que ya era consciente. Volver a empezar sin sostener mi anterior Yo ni las mochilas que había llevado a cuestas en mis años anteriores. Intenté explicarme frente a mi amigo siendo cauto en las palabras que utilizaba, aunque estas no me ayudaban, más bien lo contrario, topaban con sus preguntas y se convertían en excusas sin apenas sustancia.

Paralelamente, al retomar esas conversaciones vía mensajes de voz asumiendo mi olvidadiza memoria, empezaron a tomar forma imágenes borrosas que se colaban en la conversación, pero no lo suficientemente nítidas como para ayudarme en el asedio que recibía.

La memoria actúa con inteligencia imagino, como mínimo con más audacia que el portador, y relega a un segundo o tercer plano aquello que se desdibuja por la falta de enlaces con el presente. ¡Eso es! si hubiera tenido esta frase en el momento que trataba de excusar a mi endeble memoria, mi amigo tendría que haber reculado en su amistosa burla, y tendría resumido en una frase el motivo por el que se manifestaban esas dubitativas respuestas con las que me defendía.

10

Con ese absurdo aspecto que se suele tener con apenas quince años, ser integrante de un grupo con siglas y todo eso era la leche. Componíamos el grupo siete miembros, la mayoría del mismo barrio, aunque rara vez nos llegamos a juntar todos, realmente nunca lo hicimos.

Por Msc pasaron muchos escritores de graffiti, pero mientras la aventura duró, el núcleo fue muy concreto. Recuerdo perfectamente mi primera firma a spray una oscura tarde de otoño, en los muros de lo que fue mi escuela, en color rojo yo y Manu en color negro, arrastrando el bote contra la pared para conseguir un trazo fino y evitar las goteras. Él ya lo hizo bastante bien, yo en cambio no tanto. Pero apenas reparaba en los primeros resultados, tal era la emoción que lo único en que pensaba era en hacer más. Convencido de que lo haría mejor.

Un fin de semana se organizó una excursión cerca de Cardona, se encontraban por allí unas pozas que seguían el curso de un río. Fui con Martín y Jordi; el tío de Martín tenía una casa en un pueblo cercano. Allí, conocimos a tres chicas del lugar y nos propusieron ir hasta una especie de pozo semiderruido donde, si pedias un deseo antes de lanzar una moneda, este se cumplía. Yo pedí que mi firma fuera una pesadilla visual en Hospitalet, que llegara a estar presente en cada rincón. A los meses de esta excursión Martín la recordó y, al revivir algunas de las anécdotas, le llevó a preguntarme sobre el deseo. Le enseñé mi mapa de Hospitalet repleto de trocitos de papel con fechas y anotaciones enganchadas por su trazado. Había copiado el sistema que yo mismo había imaginado que debía ser el sistema que Tomás utilizaba para ser el bombardero más intrépido. Mi amigo, al ver ese mapa no entendía nada, le dije que el deseo aún no se había cumplido, pero que debíamos tener fe en ello.

MSC, creció e incorporó nuevos miembros y, como las vacaciones de verano, se esfumaron prematuramente otros. Algunos de los que llegaron lo hicieron con una decisión sólida, formada por un interés real y apasionado por el graffiti. El que entrara alguien a formar parte del grupo provocaba cierta emoción, una especie de nerviosismo interno al que se añadía algo de euforia; pensaba ahora en las sensaciones que podían generarse ante la situación contraria: que alguien tuviese el deseo de formar parte y eso no se contemplara. Exclusividad adolescente.

Recuerdo que incorporamos a un escritor de graffiti del barrio de Santa Eulalia, un tipo que era conocido por sus bombardeos en el metro. Era uno de los más intensos, y que pasara a formar parte de nuestro grupo fue un acontecimiento importante. Un tipo alto y flaco, con pantalones muy anchos y la ropa manchada de salpicaduras de tinta, gafas de montura de plástico y un extremado corte de pelo con su *gallusa* perfilada y los laterales rapados que le daban un aspecto llamativo.

Los métodos para mantenerse en contacto en aquellos remotos días nada tienen que ver con las maneras actuales. Hoy, la inmediatez de la información llega a extremos del directo, de ser espectador de los actos y noticias de cada uno a través de los medios popularmente conocidos como redes sociales. En aquellos pixelados días, las noticias llegaban dispersas, fraccionadas y alteradas por el boca oreja, aunque me da la sensación de que aquellas noticias parecían detenerse durante un tiempo a nuestro alrededor, comentándose, exagerándose...Se exprimía cualquier acontecimiento que tuviese que ver con la movida. La manera para darnos cita pasaba por la regular presencia en el parque. Allí se daba forma a las ideas y planes y se les ponía fecha. Si te descuidabas podías encontrarte con el resultado de algo en lo que no habías participado.

Se reformó Urgell, estación de la línea 1, que pasó de ser una estación de aspecto antiguo a futurista. La habitual pared de cerámica dio paso a una especie de cemento liso, muy liso y gris; los andenes, iluminados con unos plafones que nada tenían que ver con los de otras estaciones la dotaban de una estética moderna. Nuestra flamante incorporación, aquel larguirucho escritor de Santa Eulalia -del que apenas conocía ninguna información personal-, dejó esos muros que se alzaban en los andenes de Urgell repletos de su firma y las siglas del grupo en una obsesiva repetición. Urgell, se encontraba justo antes de Universitat y no era casualidad centrar los esfuerzos en esa arriesgada estación. Él lo hizo un sábado, el domingo en la reunión de Universitat algunos hablaban de ello.

Como me suele ocurrir en ocasiones, que introduzco algún contenido que está lejos de tener relación con el hilo de lo que estaba tratando, la excesiva iluminación que anotaba de la estación de Urgell me ha llevado a recordar cuando, para reducir la inseguridad y asumir más control sobre la población de la joven ciudad de Madrid de principios del siglo XIX, antes de alzarse y echar a los franceses. En esa Madrid de Goya, decidieron colocar lámparas de aceite en las oscuras calles de la ciudad, para traer consigo la modernidad y la seguridad. La gente, indignada, se cebó con aquellas lámparas haciendo difícil su implantación. También fue idea de un francés -que en aquellos días asesoraba a la corte española- vestir al verdugo con capa, prenda muy utilizada en aquel entonces por los hombres, y bajo la cual se ocultaba fácilmente un puñal. Al vestir al verdugo con capa, consiguieron que esa prenda se asociara con el atuendo de uno de los personajes más repudiados por el pueblo. Las dos iniciativas se consumaron y las calles acabaron siendo un lugar más seguro (aunque para los franceses por poco tiempo). La luz ofrece seguridad a algunos. A mí, aquellas luces de la estación de Urgell siempre me intimidaron.

El metro y las calles, serían, en esos inicios, los lugares donde nuestra caligrafía y nuestras firmas comenzarían a desplegarse viajando de una estación a otra, de la periferia al centro, de una periferia a la otra periferia. Elaboramos las primeras piezas con pintura plástica y trazo a spray, las hacíamos sin permiso, a la luz del día, en esas calles que soportaban problemas más serios como para prestar mayor atención a nuestras inclinaciones. Iniciar esa actividad era un paso importante. Muchos escritores activos de aquel entonces no hicieron apenas ninguna pieza o ni tan siquiera lo probaron. Fueron muchos los que hicieron su carrera tan solo con el *tag*. Visitábamos nuestras piezas y firmas, volvíamos sobre nuestros pasos para ver lo hecho, nos emocionaba ver desde la tranquilidad lo sucedido en momentos que corría la adrenalina y sentíamos el peligro al acecho.

Una noche, había quedado con Jaime para bombardear. Jaime fue de los primeros que conocí en esto, después de Manu, Guli y Abraham. Es unos cinco años mayor que yo y que el resto de los que formábamos el grupo. Él siempre me animó y también me hacía llegar cumplidos respecto los resultados de la obsesiva actitud de desplegar mi firma por todos los rincones del barrio. Me esperaba en los jardines frente a mi casa, con su atrevido aspecto, larga melena lisa con la parte de arriba corta y acabada en mechones en punta, la camiseta por dentro que dejaba ver la hebilla dorada sin letras. Lo primero que hizo fue mostrarme su rotulador que rebosaba tinta, un artilugio que se había fabricado él mismo y al que le había dotado de una punta descomunal. Habíamos quedado para bombardear las calles pero le había engañado, pues mi intención era hacer una pieza en un lugar ya elegido y muy arriesgado. Mientras caminábamos me preguntó el porqué de la mochila, le sonreí diciendo que había dos sprays blancos y un negro con los que daría forma a cuatro letras. Con un gesto de barbilla le indiqué la pared que había elegido, él ahogó el grito de << ¡estás loco!>> Llegados a la conclusión de que sería imposible hacerla esquivando todas las miradas, le dije, que solo me avisara si se acercaba un coche de policía; confiaba que el descaro a la hora de hacerlo intimidara a los transeúntes. Con estas indicaciones y ya casi a punto de dirigirnos hacia la pared, observamos a lo lejos la figura inconfundible de Gusa que venía de intercambiar vinilos con Ferrán, un magnífico dj que vivía en el barrio. Al informarle de lo que me tenía entre manos decidió quedarse con nosotros, había deducido que estábamos tramando algo. Con la incorporación de Gusa se podían controlar las dos calles que se asomaban a mi pared. Y así, con un poco de nervios pero decidido marqué con el blanco la primera letra, la segunda…En 15 minutos estaba escribiendo la dedicatoria en la que dejaba anotado el mérito a mis dos amigos.

El recorrido con mi primera firma fue testimonial, apenas semanas o un mes. La segunda, tras una obsesiva insistencia, fue con la que conseguí trazar un camino de intenso bombardeo. Al contar con una fonética resultona, todavía hoy algunos se dirigen a mí de esa manera, cosa que no deja de ser inquietante. La tercera y definitiva fue con la que maduré, la que representé en piezas elaboradas, la que viajó estampada en los trenes y con la que he llegado hasta la actualidad. Cambiar de firma fue una manera de actualizarse, de dejar atrás los primeros pasos y comenzar a caminar un nuevo sendero.

Jaime, me envió esta pasada noche una serie de fotos que no tenía. Se trata de fotos de hace 30 años, en las que aparece la pandilla de amigos que comenzamos a consumir juntos esta droga llamada graffiti. Al mirar aquellas fotos recuerdo que, a todo aquello que hacíamos lo rodeaba cierta magia por la que lo dábamos todo. Nuestros ojos desvelan en esas imágenes unas miradas en las que brilla una apasionada inocencia. Incluso la ignorancia de un contexto más amplio no empañaba esa magia.

Entiendo aún mejor, desde la perspectiva actual, que el graffiti fue crucial para nosotros, huérfanos de tantas cosas. En esas fotos, posando frente alguna de nuestras torpes piezas, con las estrafalarias pintas -que por otra parte, si se comparan con las que vestían los demás, las nuestras, vistas ahora no las desdeña en exceso el paso del tiempo- se aprecia, como he dicho, una pasión por aquello que nos había unido. No sé cómo nos las apañábamos para, con apenas quince años, ir destinando nuestros escasos recursos a revelar fotos hechas con la cámara sustraída de casa. Pero las imágenes me ayudan a comprender que sí, que vivimos algo muy especial, tanto que incluso gente que lo dejó, en algún momento se ha reenganchado o guardan de ello uno de sus más especiales recuerdos.

Es posible que ese sea uno de los motivos que me ha llevado a escribir sobre esto. Porque con todo lo que he ido conociendo -ya sea a través de la influencia de personas, libros y vivencias- en este ya dilatado recorrido de años, el graffiti contiene una fuerza que ha dejado una huella imborrable. La hazaña de nuestra juventud, a pesar de todo lo que no teníamos, fue cruzarnos con el graffiti y la movida hiphop, creciendo a su lado y formando parte de su historia, a la vez que escribiendo la nuestra.

11

Han pasado treinta años desde esos primeros inocentes pasos. Muchos de los momentos recorridos pasan por mi mente en forma de imágenes y algunos escritos que, como línea del tiempo, me ofrecen extractos del inicio, el transcurso, y el momento actual. En ocasiones ocurre que, al mirar atrás profundamente, al observar algunas fotos o descifrar algún misterioso detalle de un esbozo temprano sostenido en la mano, me induzca a una ensoñación en la que me traslado a momentos extinguidos para siempre.

Ese inicio antes mencionado que brota en 1989/90 de esa desconocida semilla en la que, depositándose escasas esperanzas, acabó nutriéndose de los sucesivos estímulos que venían de su entorno más inmediato y que acabaron germinando hasta obtener algo de forma. Da comienzo una etapa de intensa relación con el graffiti, desde la inocencia inicial a cierta maduración.

Tras experimentaciones varias y algunos desatinos, las nuevas enseñanzas que a través de libros y algún amigo me esforzaba por adquirir y que continúan algunas siendo válidas, me llevan a un sobre-esfuerzo de los más complejos. Y como ocurre con la pintura callejera, que una cubre la otra en una renovación constante, así pasó con los intereses e inquietudes anteriores. <<*No basta saber, se debe también aplicar. No es suficiente querer, se debe también hacer.* >> Goethe, define con cierta veracidad lo ocurrido en ese momento.

Amanezco en otro paisaje, donde los robles son protagonistas, los caminos solitarios y, donde lo que fui apenas vale nada. Mi nombre ya no es el mismo –decido que me gusta el nuevo nombre- se dirigen a mí incluso en otro acento. Todo nuevo, todo por descubrir. Lo hecho hasta ahora apenas sirve, el ajetreo, el cemento, lo alternativo y demás argumentos no me ayudarán a entender, pues nada de eso tiene ya valor, herramientas inútiles en una nueva dimensión. Probablemente, aún pueda impresionar a algún lugareño, ajeno –como es normal- a aquello que he hecho. Me muevo por otro escenario, el tablero de un juego nuevo, un juego por descubrir del que apenas conozco las reglas ni las consecuencias de caer en esa u otra casilla.

A pesar de que en ocasiones me resistía, decidí ser honesto y no esforzarme en ocultar mi ignorancia, les dejé que me impresionaran sin importarme demasiado quedar en evidencia. Aunque reconozco, que me fue imposible despojarme de todo y quedar desnudo ante ese mundo rural y tosco que se presentaba ante mis ojos, en el que destacaba mi desconocimiento y mi inutilidad. Incapaz de distinguir un roble, ni situarme ante la ausencia de trazado urbano y líneas de metro -que eran mi zona de confort-y sin apenas saber tratar al silencio, ni al lento curso de las horas. Mi desasosiego estaba vivo, como el de Pessoa. <<*Soy como alguien que busca a ciegas, sin saber dónde ocultaron el objeto que no le dijeron qué es. Jugamos a las escondidas con nadie*>>

Dejé bastante de lado a los otros, y los otros a mí. Me di cuenta que sabía más sobre no saber nada y eso fue una liberación. Me disgusté con el humano y conmigo mismo hasta aceptarme y aceptarlos. Me ayudaron los robles, los caminos solitarios, el paisaje de mi nuevo paisaje, esas enormes moles de piedra. Por eso he olvidado tantas cosas, por eso he dejado atrás los detalles del pasado aunque ahí estén. Porque me fui muy lejos -y apenas eran dos horas de camino en coche-, lejos e inmerso en la niebla que reposaba en las copas de los árboles dejando caer su brazo que acariciaba la tierra.

Todos mis desechos, mis recuerdos, mis errores y aciertos van a desembocar a un espacio en el que las ideas se mezclan, conviven, se nutren entre sí, algo parecido a un Delta. Allí, existe una palabra en catalán muy bonita, y que define este fenómeno natural: *"aiguabarreig"*, se mezclan las aguas del anonimato, del autodidacta, del periférico, del lector, de los fracasos acumulados; un desordenado espacio que da lugar a un hábitat imprevisible y donde me puedo camuflar e incluso recibir visitas.

Olvidé nombres y caras para acercarme a otras cosas. Ahora, me tranquiliza haber hecho las paces con el pasado, poder plantar cara a mis errores y mirar de frente a mi ignorancia y, aunque dude de la certeza de esa afirmación, la doy como válida. Una especie de ejercicio de conciencia, de cordialidad conmigo mismo –porque a veces no me paso una- y con aquello a lo que pertenecí. Alejado como estoy de todo aquel pasado, lo retomo, lo pretendo dejar escrito como pago por consumirlo. No rechazo de él y, aunque no esté dotado para homenajear esos paisajes de mi infancia, esa periferia descuidada, pienso que merece el mejor trato que le pueda dar, y me viene una cita -aunque me vino el aura de la cita y ni sabía de quién era, he buscado en la libreta y la he encontrado- de Rousseau que pone luz a alguno de estos rincones << *La infancia tiene sus propias maneras de ver, pensar y sentir; nada hay más insensato que pretender sustituirlas por las nuestras.*>>

12

Y el graffiti a pesar de todo le atacó, se rebelaba contra ese sistema que oprimía, el que provoca siempre la desventaja. El graffiti resultó ser como un acné contra el que lucha un hermoso y artificial cutis (el sistema), y esos asquerosos granos que aparecen, que siempre lo han hecho porque en cada época de la historia emergen… Sí, le ensuciamos, y lo hacíamos sin un discurso o al menos sin un discurso bien construido. Le ensuciamos afirmando nuestra naturaleza de granos, feos granos que se escampaban aleatoriamente, desafiándole, provocándole, irritándolo. Pero el sistema es hábil además de poderoso, es capaz de incluir a la oveja más negra de todas. Si se propone incluirla en el rebaño normalmente lo consigue. Les hizo creer que seguían siendo rebeldes, les ofreció y aceptaron sus premios, encajaron sus palmaditas, les abrió las puertas de sus museos, pagó cantidades de dinero por sus creaciones, los consumió. Les hizo creer que aún eran rebeldes.

Cuando publiqué el libro y las ventas me sorprendieron con un buen fajo en mi cuenta bancaria, con entrevistas y presentaciones en las que nunca me presenté y que resolví desde el anonimato…Se iba esbozando una idea en mi cabeza, un proyecto nuevo. Iba a intentar aglutinar en un canal de Telegram al mayor número posible de escritores de graffiti del globo terráqueo. Unas instrucciones coordinadoras muy sencillas demostrarían un poder inmenso. Todo sería desde el anonimato, ni autor de la idea, ni medalla para nadie. Solo la propuesta de jugar una partida a nivel planetario.

La primera acción, con tan solo tres premisas, se distribuyó a través del canal en el que se habían conseguido incorporar ya 87.342 personas. Se había *hackeado* los contactos y seguidores que las dos marcas que se reparten la venta de pintura en spray a nivel mundial tenían en internet y en cada ciudad.

Enigmáticas premisas, un breve <<*Hola, cinco días, color rojo, mensaje: Sí.* >>

Parecía una misiva cifrada y, para dar un empujoncito, aparecieron en diferentes soportes los primeros casos que fueron cuidadosamente filtrados en la red. Los *Sí* en color rojo empezaron a ocupar espacios, a invadir los rincones. La ciencia de las letras se mostraba en un escaparate sin límites, la caligrafía del *Sí* en múltiples estilos y diferentes rojos se multiplicaban como el pan y los peces.

Los medios nacionales e internacionales le empezaron a dedicar un pequeño espacio como algo anecdótico, incluso gracioso e inofensivo. El mensaje era positivo, sí, pero *Sí* a qué. Algunos rotativos le dedicaron más atención y pasaron el tema a alguno de sus columnistas más laureados. Y, mientras sacaban conclusiones y teorías sobre a qué respondía un simple *Sí*, que había aparecido en lugares tan alejados entre sí como Japón y Australia, Sudáfrica y Marruecos o Alemania y Canadá, los *Sí* se mostraban en múltiples estilos y superficies, en trenes, metros, persianas, muros, en tamaño pequeño o inmensos, bien pulidos o chorreantes...Al quinto día llegó un nuevo mensaje, el canal de Telegram tenía 48.000 seguidores más en tan solo seis días.

<<Hola, cinco días, color azul, mensaje: No. >>

Aparecieron los *No*, de la misma manera que cinco días antes lo hicieron los *Sí*, y algunos de estos *No* coincidían con algún *Sí*, o casi se tocaban en algunas paredes, trenes o metros. Evidentemente, la policía estaba poniendo en marcha su particular plan de contención de los monosílabos, cada país intentaba amenazar de una manera u otra a los que actuaban bajo estas premisas. La acción se propuso en inglés para darle fuerza estética, y así fue en su inmensa mayoría, aunque aparecieron muchas obras con el *Sí* en diferentes lenguas.

Había aparecido un *No* en el puente de Brooklyn y la semana anterior un *Sí* lo hacía en la puerta de Brandemburgo, casi todos los edificios emblemáticos modernos acogieron, o bien un *Sí*, o un *No*. Las opiniones respecto a lo ocurrido en esos diez días fueron en aumento y se le dedicaban espacios incluso en las noticias televisivas. Se hablaba -bueno, la teoría la introdujo uno de esos memos que habitan en los programas de prensa rosa o amarilla-, que según algunas investigaciones, tras las acciones de los monosílabos estaba el famoso artista callejero Banksy.

Anunciaron en uno de sus programas, que tendrían en el plató a uno de los integrantes del grupo de los monosílabos, ya los llamaban así. Tras ir proclamando repetidas veces que tendrían en directo a uno de los integrantes, bla, bla, bla, apareció un chico joven, alrededor de unos 23 años, con una mascarilla textil con serigrafía, que le cubría nariz y boca, en la que se leía: Why.

El chico, de pocas palabras y gesto seguro, había sido sorprendido por la policía mientras hacía un Sí la primera semana de los acontecimientos y, con la ayuda de un abogado, solo tendría que pagar una multa de trescientos euros al ayuntamiento de Madrid.

En el programa pretendieron entrevistarle, porque el anónimo invitado respondía con síes y nos poniendo en un aprieto a los pseudo-periodistas. Hasta que rompió esa dinámica de monosílabos y con la ayuda de una *Tablet* mostró un vídeo que, en escasos minutos, narraba que tras la figura de Banksy se escondía un grupo que financiaba sus radicales acciones con la creación del producto Banksy. En el video, se podían ver las elaboraciones de piezas que han alcanzado tanta fama y que se le atribuían a este, también la preparación y destino de las mismas, imágenes de algo parecido a un centro de operaciones donde se gestionaba la marca Banksy y los proyectos desarrollados a lo largo de todos esos años. El documento, acababa con el anuncio que, tras el famoso Banksy había un grupo de acción de más de 50 individuos bajo las siglas de 1K.

Habían creado durante diez años una marca, Banksy; una ficción elaborada con el propósito de engañar al sistema usando argumentos atractivos que mezclaban anonimato, ilegalidad, crítica política y económica, además de la intrusión de las obras en los lugares más selectos. La creación del personaje se había hecho con todo detalle y servía para financiar las acciones ambiciosas del grupo 1K. Todo esto se anunciaba ante la atónita mirada de aquellos paletos con múltiples operaciones estéticas a cuestas; el anónimo invitado dijo que tan solo había ido a comunicar eso, se levantó de la silla y abandonó el programa dejando el directo en llamas, con aquellas cotorras indignadas por la actitud del invitado.

Esto ocurrido en Madrid, en el plató de una de las televisiones privadas con más audiencia, ocurría también en otros países; miembros de los monosílabos que habían sido cogidos infraganti (o se dejaron capturar), concedieron entrevistas con un mensaje y acción similar. De la misma manera, se hizo llegar a los medios el elaborado cortometraje en el que se aportaban pruebas sobre esas explosivas declaraciones.

Las obras gráficas, libros y demás *merchandasing* que había proporcionado tal proyecto se valoraban en varios millones de euros. Ahora, se servía en frío la verdad. La noticia sobre el fraude que representaba Banksy como autor apareció en la portada de la mayoría de diarios de todo el mundo. El famoso artista callejero era parte de una idea, un escarmiento, una cortina de humo. Banksy había utilizado en ocasiones canales bien protegidos para expresarse, pero ningún comunicado apareció desmintiendo lo que el misterioso grupo de los monosílabos proclamaba. Si uno entraba en la web oficial de Banksy, se encontraba con el audiovisual citado y una animación en la que sus obras se derretían hasta desaparecer y un contador en el que la cifra corría hacia atrás hasta llegar a mostrar en pantalla completa: 0$ en una estética de *stencil*.

Habían pasado cuatro días de los cinco dedicados a la acción del *No*, parecía no parar el aumento de seguidores al canal de Telegram, los *No* superaron de mucho a los *Sí*. El incremento de seguidores crecía y crecía, y el canal contaba con 317.056 afiliados, entre los que había diversos centros de inteligencia y policía de todo el planeta. Los medios repartían su espacio en el seguimiento del grupo de los monosílabos, la investigación de 1K, y las consecuencias de un producto como Banksy en ese desconcertante escenario.

<<Hola, cinco días, color amarillo, mensaje: Por qué. >>

13

He estado escribiendo sobre esos años en los que, hacer graffiti, era algo que envolvía todo en una especie de hechizo mágico con aromas a un *Huckleberry Finn* del siglo XX. Antes de ponerme a escribir he abierto una carpeta de archivos en este mismo portátil en la que se esconden infinidad de cosas que he ido haciendo a lo largo de estos años. La sensación de encontrarse cara a cara con lo hecho es, a veces, como recibir la bofetada de alguien invisible. He ido clicando en diferentes cuadraditos que descubrían antiguas pinturas hechas, no de graffiti, sino de cuadros en los que, como me pasa ahora con las palabras, probaba de hacer algo bien hecho. Uff, que mal rato. El reloj marca las 8:00 de la mañana, llevo una hora y media frente al portátil, repasando lo escrito ayer, añadiendo alguna cosa y retirando otras. Ahora he de levantar a G; el ver abrir los ojos a un nuevo día a mi hijo es de los momentos más especiales. Le despierto poco a poco, con susurros que activan algún movimiento de su cuerpo que hace que se gire o se envuelva en las mantas. Aunque, sin tener que insistir demasiado se despierta y con rapidez se traslada al salón y se envuelve nuevamente en una manta hasta que le llevo un vaso de leche con Cola Cao. A partir de ese instante, desde el momento que voy a despertarlo, el día cobra vida y una dimensión amplia y verdadera. En media hora se han organizado los preparativos, tanto los míos para ir a trabajar, como los suyos para ir a la escuela. Siempre encuentra unos minutos para ojear alguno de sus dibujos del día anterior, o alguno de sus cachivaches. Bajo el edificio que vivimos se encuentra un horno de pan y pastelería en el que hacen una repostería exquisita y variada: mini donuts con chocolate, pequeñas ensaimadas, palmeritas bañadas de chocolate, unas bolas rellenas...Cogemos un par de piezas y, en el coche, de camino a la escuela él se come la suya mientras comentamos alguna cosa por el camino. Por gris que pueda ser el día, este momento y básicamente su presencia lo ilumina y dota de una fuerza que me ayuda a enfrentarme a lo que venga.

Por suerte no he pulsado el botón de enviar, mi dedo índice se ha detenido a escasos milímetros de la tecla *Enter*. Rectificar a tiempo no tiene precio. Es posible que pudiera haber sacado una historia sobre ello, quizá la idea original no estaba tan mal y le podía haber dado unas vueltas. ¿Por qué es tan difícil hacer las cosas tan bien hechas como las hacen algunos?; parece tener como propósito empujarte al No, al no hacer como mejor opción, como única opción. Y hurgando en esa libretita donde recojo algunas citas, que a veces me irritan más que otra cosa, encuentro alguna referente al hacer, al no hacer. Y, reaparece Pessoa susurrando <<No hagas hoy lo que puedas dejar de hacer también mañana. >>

¿Cómo es posible escribir esas mil páginas con esa maestría, ofreciendo esos múltiples recursos que hacen de su lectura una experiencia inolvidable y desesperante a la vez? Casi he aprendido a no odiar a Cabré por ello. Por mi parte, soy incapaz, llevo minutos con los dedos posados en este viejo portátil sin movimiento alguno. Aquí, en el silencio de la temprana mañana, en la que los sonidos que mi propio cuerpo emite son excesivos, incitándome a mí mismo a ser capaz de intentarlo, de que algo fluya en forma de líneas que bailen. Me pierdo en este mar de letras, no sé por qué me molesto. Quizá nunca deba pulsar la tecla *Enter*. ¿Y si soy un Bartleby? Uno mediocre, pero al fin y al cabo, un Bartleby.

Otra vez los fracasos, puede que, los cada vez más sofisticados fracasos tengan un sentido. El que sean cada vez más sofisticados provoca que la mirada hacia aquello que está bien hecho, aquello dotado de una excelencia que hace que lo humano no sea un caso perdido, sea una mirada cultivada y, como mínimo, pueda ser capaz de complacerse con lo hecho por los privilegiados. Sin un cierto paladar veo difícil degustar las obras de aquellos que nos han ofrecido su talento en los diferentes soportes. He de dejar el tema, he de intentar centrarme en lo que toca. Pienso en hacerme un café para desaliñarme, para cambiar de tercio, aunque en lugar de café decido cortar un trozo de pastel que ha hecho S, está exquisito, muy bueno.

No soy culpable de mis sueños, me atengo a lo dicho por San Agustín. ¿Sueños que se deben a qué? No me importa, me lanzo al deambular de los susurros ajenos, a confundir a los pasos que me siguen, sin tan siquiera mirar atrás.

Pensé que sería una buena idea escuchar lo que recuerdan algunos de los que vivieron esos años por los que el relato discurre. No acababa de confiar en que las propuestas de colaboración tuvieran resultado alguno. Era un tanto escéptico respecto al posible entusiasmo que derivara de la idea; intuyendo que la gente está por otras cosas, sumado a la pereza que me supone alterar rutinas ajenas. Supongo que, siguiendo alguno de mis instintos, me decidí a escribir algunos mensajes. Probé con Vidal, un pionero del graffiti en Hospitalet y que aparece en el relato como parte de esas líneas históricas. Predispuesto a la ayuda, aunque adelantándome en su respuesta que no tenía apenas material del que me interesaba...Le envié un fragmento en el que hablaba del Matacaballos y describía el mural de *El señor del tiempo*. Aproveché para preguntarle si conocía alguna anécdota o información sobre el desconocido autor. Nada, no sabía nada nuevo que no estuviera ya anotado, pero fue inquietante saber que también en él provocó cierta atracción. Sus ánimos y buenas críticas me animaron, haciéndome saber que estaba deseoso de echarle un vistazo a esas páginas.

El pastel me ha dado energía, ha sido como una especie de nuevo comienzo del que se espera algo. Nadie espera nada de todo esto que ocurre en estas páginas rizadas. Ni yo creo que deba esperarse. Leí un texto, formaba parte de un libro publicado, quizá la contra, las pinceladas que deben situar al lector frente al libro que se encuentra... Ella no quería que nadie la leyese, exclusivamente escribía para ella, para evitar ser leída sería capaz de asesinarlos con sus propias manos, nadie debía leer su libro. Defendía y optaba por el nihilismo, odiaba por todos los motivos. Unas líneas escritas con sangre.

Necesitaría un trozo de aquel pastel rejuvenecedor para no hacer cambio de vías y mantenerme en estos raíles al menos durante un buen trecho, y evitar que se introduzcan pensamientos como los de la loca esta, capaz de asesinar a sus lectores por atreverse a leerla.

En el transcurso de estos días, mi estado de ánimo era de una euforia no excesiva pero apreciable. La idea del relato me excitaba, y la idea de investigar y buscar datos que creía necesarios me empujaban a emprender algún contacto, a vencer un poco la timidez para dar cuatro pinceladas de lo que estaba desarrollando, enviar algún pequeño -porque en ese sentido, sí que conservo una cautela que aprecio- fragmento de la historia que pretendo explicar. Pero de ese estado repentinamente paso al encierro, al trabajo en silencio, a la desconexión, a no dar detalles ni introducir el tema en conversaciones que se puedan dar, a posicionarme en el lado del No.

Hasta hace poco desconocía el significado del término Bartleby o aplicado en un espacio más amplio, artistas del No. Sucede que, si no ando errado en que su significado coincida bastante con lo que entendí, he vuelto a perder un concepto con el que jugaba a pensar que me definía. Porque en mi negación me sentía cómodo, hasta podía divertirme en ese espacio de los rechazos. Ahora, al saber de todos esos grandes creadores que optan por desaparecer, por el no hacer, han acabado por arrebatarme incluso eso.

14

El obsesivo empeño de estar presente en cada rincón de las calles provocó que no tardaran en aparecer los primeros problemas. Una de las primeras y más significativas anécdotas de aquellos principios viene precedida por mi rutinaria actividad de dedicarme cada día a recorrer con mi rotulador las calles, algo que acostumbraba a hacer solo, recordando por las que no había pasado, repitiendo en las que venían de paso trazando en ellas líneas de lo recorrido como si se tratara de un mapa, uno mental, en el que tenía como propósito alcanzar todos y cada uno de los rincones. Combinaba -según las posibilidades económicas- el spray con el rotulador, pues los sprays eran caros y, penalizado por esos precios no era extraño robarlos cuando podía, en una acción que combinaba la compra y el robo. Lo habitual y más común era el rotulador, que se mostraba rápido y limpio.

Con apenas 16 años, mi forma de actuar estaba influenciada por la observación de los métodos que aplicaban una serie de escritores de graffiti de Barcelona que me habían marcado por su estudiado despliegue en la ciudad, eligiendo las superficies más aptas, aprovechando las que no se sometían a una inmediata limpieza. Las cajas de la luz que controlan y asisten los semáforos, los contenedores, señales de tránsito, diferentes placas…Todos estos lugares eran duraderos soportes para los *tags*. No se sometían a un regular mantenimiento, apenas se encargaban de ello. En cambio, los mármoles de fachadas o comercios sí que se limpiaban rápido. Yo apliqué esta técnica de bombardeo al pie de la letra, y dedicaba a ello las oscuras tardes de invierno y las cortas noches de verano. No podía llegar muy tarde a casa, los días laborables podía estirar hasta las 10:30 p.m., así que, al aparecer las primeras sombras de las tardes de otoño e invierno me dirigía hacia mi particular ruta.

En un piso pequeño, y con una madre pendiente de mis movimientos era difícil organizarse como yo deseaba. Me gustaba extender aquel mapa en la cama, observar las anotaciones de las anteriores salidas, trazar el camino más rápido para situarme en la parte seleccionada, intentar visualizarla en la cabeza, cuáles eran las calles más transitadas de esa zona…Pero no podía arriesgarme a que se descubriera el mapa y que se iniciara un interrogatorio y el enfado posterior.

Pero volviendo a la anécdota, cuando contaba apenas 16 años llegó a mis oídos que un agente de policía, irritado por alguna de las cosas que yo había hecho, trataba de dar conmigo. Dicho policía se salía del formato común. Formaba parte de quizá el más importante, conocido y pionero grupo de la movida inicial, por lo tanto, conocía el funcionamiento y entendía el lenguaje. Esto no quitaba que fuera policía y, que a eso se sumara que su padre fuese bombero, y que yo, una noche hiciera un inmenso tag en el rehabilitado y todavía no inaugurado parque de bomberos. Un edificio modernizado, que dejaba atrás el antiguo aspecto del parque de bomberos, con sus grandes puertas de acceso para los vehículos restaurada, y su fachada reformada y pintada. Cada una de esas grandes puertas de salida estaba separada por una gran columna que, casualmente, encajaba en número con las cinco letras de mi firma.

Era una noche más, llevaba un par de sprays color marrón tabaco, me acompañaba Martín y llevábamos caminando un rato por el barrio y aparecimos en la avenida Masnou, la iluminación allí aumentaba, era una de las calles más importantes; entonces vi el parque de bomberos reluciente, aún con alguna valla que custodiaba el perímetro. Estampé a spray una letra en cada una de aquellas columnas. En ningún momento fui consciente de que ese acto provocaría tal alboroto. Llegó el día que dio conmigo, lo hizo sin vestir uniforme de policía y con una charla en plan informal, aunque molesto por lo del parque de bomberos. No pasó a más, y no tuve más remedio que cambiar de firma, porque también en esos días me dieron caza en el metro. En aquel tiempo, yo era un niño de dieciséis años con una buena dosis de imbecilidad a cuestas.

Me hubiera gustado tener un trato diferente con Albert, así se llamaba aquel guardia urbano. Fue un pionero, pero en aquel momento, yo no sabía hasta qué punto era una suerte tener a dos calles a uno de los primeros actores del hiphop de la ciudad. Años más tarde de aquel episodio, en un periodo oscuro que viví en el que, la noche, la fiesta, la mentira y la suciedad estaban ocupándome cuerpo y mente, me lo encontré envuelto en circunstancias similares. Fue algún encuentro puntual y alguna noticia, nada que le interesase al uno por el otro. En la actualidad, a través de Instagram -medio que detesto un poco y que cada vez presto menos atención- supe de él y vi que se daba una situación más favorable para tener alguna conversación.. No me aventuré a decirle que estaba en esto, escribiendo un relato en el que él aparecía en una de mis primeras anécdotas, la del parque de bomberos.

15

Empecé a trabajar en una farmacia próxima al barrio de Lesseps; estaba en segundo curso del instituto y la idea de combinarlo con un trabajo que me aportara unos ingresos me parecía interesante, tanto, que al año siguiente dejé el instituto para hacer la jornada completa en la farmacia. A veces, me pregunto por qué me resultó tan fácil ser un mal estudiante, siempre pienso que no tenía el perfil del mal estudiante, y sin embargo, mis resultados fueron penosos, similares al prototipo del negado pero sin tocar las pelotas como lo solían hacer estos. Yo siempre fui bastante correcto en el trato, incluso hacía como si estudiase, tenía esa capacidad de mimetización que llevaba a la sorpresa frente los lamentables resultados reflejados en unas bajas notas. Siempre hice lo justo para no aprobar, siempre en la barrera que separaba el aprobado del suspenso y que se inclinaba hacia el suspenso, lo que me llevó a creer en que esos resultados me definían. Ni en casa, ni los profesores en la escuela, me alentaron a salir de ese nefasto equilibrio con tendencia al suspenso.

Existe una terrible contradicción en mi relación con el conocimiento. He reflexionado bastante sobre el por qué llega un momento en el que me sumo en una autodisciplina -torpe al principio y no mucho mejor en la actualidad– que me conduce hacia una necesidad de saber cosas, una curiosidad real y apasionada que me va llevando de un tema a otro. Esto ocurrió ya pasados los dieciocho, persiguiendo a los seis servidores de Kipling, *el cómo, cuándo, dónde, qué, quién y porqué*; de Kipling solo sé eso, no le he leído. Devoraba todo aquello que me intrigaba y me vi ocupando mis horas libres en leer libros –malos al principio- que en aquel momento me fascinaron y me dotaron de un ritmo de lectura, de un hábito. Diría que fue el comienzo de algo y creo que por primera vez en mi vida comencé a esforzarme en mi formación. Aprobé el carné de conducir a la primera, lo aprobé con una solvencia que me era desconocida y eso me gustó.

Un libro, no una novela histórica como los anteriores sino la vida personal de un pintor, su diario, fue determinante en todo aquel cambio de dinámica que vendría. Aquella lectura me agitó por dentro como no lo había hecho ninguna antes, traspasó el papel dotándome de una energía para el esfuerzo que alimentaba mi curiosidad de una forma mucho más definida y constante. Quizá aquel momento, aquella lectura, fuera parte decisiva del recorrido. Pude fantasear con aquel libro, creerme capaz de hacer cosas siguiendo los métodos que el pintor explicaba e intentar aplicarlos a mi propia formación. Aquel contenido me inspiró durante un tiempo, me llevó a profundizar más sobre el autor y su vida, sobre su obra. Fue cuando accedí a una propuesta que S me hizo, que seguramente un año atrás habría rechazado con alguna excusa, y no era otra que la de estudiar dibujo y pintura en una academia que había cerca de su trabajo. Me daba vergüenza apuntarme a esa academia o a cualquier otra, llevaba a cuestas una falta de confianza que me impedía intentar casi cualquier comienzo.

Acceder, fue una de las mejores decisiones de aquel entonces. Una vez di el paso mi actitud fue la del silencio y la predisposición por el esfuerzo, con una loquísima influencia que venía del libro de aquel pintor, pero que hacía de combustible para enfrentarme a los diversos retos que daban comienzo. Me sentí muy cómodo, el trato fue exquisito y me pude dedicar al aprendizaje guiado por dos maestros maravillosos.

Las enseñanzas del libro que había leído me empujaban y me dotaban de disciplina y determinación. Decidí usar solo lápiz y carbón, empleándome en anatomía y dibujo al natural, auto-imponiéndome un aprendizaje austero y sufrido; no toqué un pincel en el primer año y asistía a clases cuatro días a la semana. Como es normal, mejoré, y fui adquiriendo conocimientos en anatomía, perspectiva…Aquel cambio de actitud que se dio, ya antes de acceder a la propuesta de apuntarme a la academia, cuando fui capaz de aprobar con solvencia el carné de coche y comenzar mi relación con la lectura… Ahí, en esos enérgicos momentos, se preparó la masa madre que iría dando vida al pan por cocer, un pan mediocre, pero un pan hecho y amasado por mí.

Leía cada vez más, practicaba en casa con el dibujo, aplicaba en cuadros los conocimientos adquiridos y también se los ofrecía a los que tenía en el graffiti. Por aquel entonces, ya trabajaba en una empresa con una nómina que consideraba generosa, ocupación en la que estuve unos años y que comencé cumplidos ya los veinte. Allí, me encargaba del control visual de una línea de producción. Se trataba de un trabajo limpio, que apenas demandaba esfuerzo. Mientras controlaba los marcadores digitales y comprobaba que todo marchara bien me dedicaba a dibujar, o leer algún libro que llevaba. Aquel trabajo me permitió emplear muchas horas a esas dos aficiones.

Antes de todo esto, de las primeras lecturas, del carné de coche, de la academia de dibujo…La situación era muy diferente, intentaba explicarla antes de mencionar esto último y, era tal que, el empezar a trabajar, despertó más interés en mis padres que el reconducir mi trayectoria y sacarme los estudios. Incluso cuando me entrevistaron en la farmacia, la farmacéutica y propietaria me insistió en que no dejara los estudios y los combinara con el trabajo. Sentí algo de vergüenza durante unos instantes, posiblemente la primera vez que me hacían ver que aquella dirección mía había derivado en un fracaso. En aquel trabajo me lo pasaba bien y aprendí muchas cosas, era una farmacia grande que contaba con laboratorio propio. Mi tarea consistía en colocar los medicamentos y diferentes productos de ortopedia e higiene en su lugar correspondiente. También tenía que hacer reparto con un *vespino* a diferentes clientes: geriátricos, clínicas, consultas privadas… Yo no había conducido un ciclomotor antes y moverme por esas calles de Barcelona era algo nuevo, un cambio significativo para mí. A los pocos días, me dejaban la moto para ir a casa incluso los fines de semana. Esto mejoraba sustancialmente mi posición, apenas ninguno de mis amigos tenía moto.

Un sábado como cualquier otro, llegando yo al parque con la *vespino* me crucé con un individuo de merecida fama, un golfo del barrio de Bellvitge mayor que yo y conocido por su peligrosidad, le habíamos visto en ocasiones desplumar a más de uno. Tuve la mala suerte de topar con él conduciendo la moto y me pidió que lo acercara a Bellvitge; Por supuesto me negué desde el principio, aunque no pude sostener mi postura, su determinación me acabó intimidando y no encontré una solución para librarme. Era un tipo al que todos teníamos miedo, al que intentas evitar y normalmente lo conseguías porque nosotros éramos unos críos y no teníamos nada que le pudiera interesar. En esa ocasión, yo iba con algo que evidentemente le pareció apetitoso, la moto. Llegamos a Bellvitge, momento en que decidió que parara la moto y me bajara de ella. Pretendía robármela en plena tarde en unas calles colmadas de gente y él amenazándome para bajar del asiento. Me aferré a ese asiento y al manillar de la moto con tal determinación que hizo que algunas miradas se fijaran en lo que estaba pasando…Saqué mi valentía como pude y de donde pude, me resistí y me enfrenté sin saber cómo pero sabiendo por qué. No consiguió que me desprendiera de la moto y me dejó un recado en la cara. Pero eso no me afectó, me fui contento con mi cara herida pero con la moto de vuelta al barrio.

Episodios como los de la moto eran, no lo habitual, pero sí más que posible en un barrio como en el que me crie. Ya desde la primera infancia, en el patio del colegio o en el recorrido de vuelta a casa, podían ocurrir cosas que hoy día parecen estar desfasadas. En el recreo, el bocadillo era un bien a proteger, solían ir en busca de abusivos bocados los golfos de cursos superiores, o te lo comías rápido o podías tener que lanzar otro buen trozo para retirar la parte que había tenido contacto con la despreciable boca del gorrón intimidador. Cualquier insignificante bien que pudieses llevar encima era susceptible de las manos de estos maleantes. Este tipo de sucesos empeoraba a medida que crecías, porque pasaba de tener que proteger un bocadillo a proteger la mísera semanada, el absurdo reloj, la bicicleta o la pelota; nuestros bienes eran más que escasos, pero entraban por mínimos que fueran, en esta espiral. Llega a su fin toda esta serie de situaciones al llegar a los dieciocho años aproximadamente, a partir de aquí, nos sabemos mover en este tipo de contiendas y se hace más difícil enfrentarse a nosotros.
La mayoría de madres y padres estaban al margen de todas estas complicaciones, uno tenía que resolverlas con las herramientas que disponía, de la manera que fuera posible. Recuerdo, que mi madre me trajo una bici que era del hijo de su jefe, se trataba de gente adinerada y de vez en cuando alguno de sus valiosos objetos venía a mí. La bicicleta que recibí era un modelo de trial, una Montesa que tenía el plato pequeño y totalmente inédita en el barrio, se trataba de una bici para hacer ejercicios de trial, aunque para moverse con ella era un fastidio, apenas avanzaba por más que le diera uno a los pedales.
Una de las veces que estaba con la bici en mi propia calle, con apenas doce años, Fernando, uno de los peligrosos y temidos golfos del barrio me pidió una vuelta, yo sabía que esas vueltas eran arriesgadas, aún más tratándose de aquel individuo. Se fue

con la bici y el tiempo pasaba sin que regresara, me temía lo peor y temía decirle a mi madre lo ocurrido, pues ella era más que capaz de ir en busca de él y sacarle la bicicleta a zapatillazos, lo que me daba una terrible vergüenza solo de pensarlo. No ocurrió tal cosa, a través de otro peligroso golfo del barrio que conocía bien al primero y al que mi hermana había caído en gracia, pudimos recuperar la bicicleta. Estábamos acostumbrados a convivir con este tipo de situaciones desde siempre, y posiblemente las normalizamos demasiado.

Trabajar en el barrio de Lesseps me dio acceso a poder ver graffiti de gente que llevaba unos años más y que tenían una calidad notable. Aquella gente, los que hacían aquellos graffiti, eran mis ídolos de adolescencia; tenía fotos de sus obras colgadas en la pared como las tenía de Jordan congelado en el aire o de *Magic* haciendo su particular magia. Por aquellas calles veía las obras elaboradas de algunos escritores y muchas veces me quedaba frente a ellas mirando los detalles. Algún viernes, tras acabar la jornada en la farmacia, Jose, un compañero de trabajo unos años mayor que yo, me proponía ir a bebernos una litrona en un callejón un poco más arriba de donde estaba la farmacia. En un pequeño colmado comprábamos una *Xibeca,* algo de picar y nos sentábamos en las escaleras de aquel callejón. Todo ese espacio estaba repleto de graffiti de calidad hecho por tres de los protagonistas de la escena barcelonesa. Los muros eran bajos y, sentado con mi compañero que nada sabía de aquello, miraba con atención esos detalles producidos por acertados gestos. También veía las firmas por las calles, el estilo de cada uno.

Martín, que también pintaba, trabajaba como yo por Lesseps. Él estaba en un Caprabo de la calle República Argentina, por la coincidencia de destinos empezamos a hacer los trayectos juntos. Nos desplazábamos hasta allí en metro, quedando un par de horas antes para bombardear la línea 3. Lesseps estaba a pocas paradas del final de línea y nos dedicábamos a hacer varias rondas de ida y vuelta entre las dos últimas estaciones y aprovechar las aún tempranas horas para bombardear luego las calles. Esto lo repetimos muchos días, el movernos por zonas diferentes a nuestro barrio nos permitió conocer la dimensión más amplia de lo que hacían los demás.

Había olvidado completamente unos pasajes muy salvajes que vivimos en relación con Martín y el Capabro. Durante un tiempo y de forma rotativa Martín trabajaba en el Caprabo por la noche junto a otro compañero. Hace unos tres meses, a través de una videoconferencia que mantuvimos Jaime, Manu y yo, apareció el tema del Capabro. Lo introdujo Jaime, con una memoria sorprendente y, Manu y yo, empezamos a recordar levemente. Así, de repente, me vinieron las escenas nocturnas del Caprabo y empecé a recordar algunos detalles. Cuando releía las anteriores líneas encontrándome con la aparición de Martín en los bombardeos matinales por la zona de Lesseps, me ha venido a la memoria las noches del Caprabo, la cara de Martín que imploraba que parásemos de liarla. Tal como he dicho, no recordaba nada de eso antes de que Jaime desempolvara esos recuerdos. Según él dijo jugamos en aquel gran supermercado, con luces medio apagadas, al escondite. Y en aquel instante, mientras escuchaba esos desatendidos relatos empecé a recordar secuencias de alguno de nosotros escondiéndonos por las cámaras frigoríficas, usando los montacargas, poniendo en un terrible compromiso al bueno de Martín. Él, corrigiendo nuestros actos, restableciendo el orden tras nuestro paso…Y todo ese desmadre ocurrió más de una noche, alguna de esas nos presentábamos allí sin avisar y la cara de Martín al vernos se quebraba, aunque siempre nos dejaba pasar con unas condiciones que jamás cumpliríamos. Siempre me sentí muy cómodo con Martín, de pocas palabras y afilado sentido del humor. Aquellas travesuras que se hicieron en el Caprabo, al día siguiente, seguro que le complicaron la jornada a algún trabajador, quizá al propio Martín.

Cada día, me levanto una hora antes de lo obligado para encender el portátil, releer este relato y escribir durante ese limitado espacio de tiempo. He observado que es un momento en el que fluyen los pensamientos y palabras. Cincuenta y seis páginas son pocas, aunque para llegar a esta cifra he empleado muchas horas. Me parece una eternidad el tiempo que llevo deambulando por este viaje narrado que dio comienzo con una falsa correspondencia. Uno de mis propósitos era que, la narración de ese espacio de tiempo que elegí, que contiene los primeros cinco años de la década de los noventa, esos cinco años que siempre recuerdo como una primera enseñanza, fueran los que empujaran al relato en un viaje acompañado de otros elementos narrativos. Mientras escribía las primeras líneas, aparecían formas de introducir momentos y pensamientos del presente, estos tendrían que aparecer a su antojo, obligando al lector a su particular ejercicio de reconocer la situación en la que se encuentra. Así, de esta manera, podía combinar dos tiempos, el pasado y el presente y realidad y ficción. El valor que contiene aquel periodo de tiempo que me trae ocupado, reside en su naturaleza, en su rareza, y le atribuiría un poco de épica. Todas aquellas aventuras que transcurrieron derivadas por una actividad como fue el graffiti vandálico fueron singulares, no las vivieron más que unos pocos.

Me levanto una hora antes para adentrarme en este texto que crece poco a poco, que incluso me ha llevado a alterar mi sueño, porque antes, hasta que no sonaba el despertador no me levantaba, por el contrario ahora eso cambió. Me despierto de forma natural desde hace poco más de un mes, levantándome unos minutos antes de que suene el despertador. Y en ocasiones me pregunto ¿qué intención hay tras la tarea de escribir este relato? la realidad es que no solo ha alterado mis horas de sueño, también ha influido en mi relación con otras cosas, por ejemplo con la pintura. Es un pensamiento que vengo observando estos días, que el escribir me ofrece un espacio de creación que antes solo la pintura me ofrecía. Por otro lado, todo lo que me rodea en el espacio creativo está relacionado con la pintura, en diferentes formas de expresión, pero pintura. Mi relación con la literatura es de una naturaleza más íntima y particular. De mi entorno, apenas unos pocos leen a un ritmo alto o leen aquello que yo considero que se ha de leer, aunque yo no lo haya leído. O sea, que me empuja a un espacio de soledad, de ausencia, al revés que en la pintura, donde a veces, encuentro el espacio saturado.

La literatura me demanda otras cosas. Cuando leo, si el libro es bueno, me exige y me arrastra por un igual a latitudes no exploradas, a intimidades complejas. Me lleva a recorrer un impredecible camino durante un espacio de tiempo, observando el viaje que a través del narrador o el personaje, me desliza por caminos nuevos e inesperados. A esas vivencias que me lleva la literatura, me encuentro a solas con él, con el narrador o el personaje, forzándose mi capacidad de comprensión, desbordado por el estilo, por la capacidad narrativa, por la descripción de las cosas. Los grandes temas de la literatura, la muerte, la ausencia, el paso del tiempo, la soledad del camino, el éxito y el fracaso, el amor, la decisión de escribir o no hacerlo...Por otra parte, la pintura se ha acelerado, uno ojea Instagram -medio que casi odio y, en el que participo porque aunque sea menos idiota, aún conservo una porción de la que me temo no podré deshacerme- y es bombardeado por imágenes, cada minuto de cada día, no para. El ojo se ve obligado a escanear imágenes en fracciones de segundo en una inacabable oferta.

Antes que las redes sociales tuviesen un peso tan importante en la sociedad, me descolgué de las torpes plataformas que existían en aquel entonces, y elaboré un blog en el que puse escritos acompañados de ilustraciones digitales que había hecho. Se trataba de textos e ilustraciones de crítica social, discursos con cierta dosis de surrealismo, de misterio y de intento de ingenio. Las ilustraciones que acompañaban los textos, a su vez tenían frases o diálogos propios. Ahí, reflexionaba abiertamente sobre aquellos temas que me preocupaban e intentaba dejar expuesto los pensamientos que surgieron de la reflexión, la observación y las dudas que me generaba. Lo particular de aquel espacio digital es que no tenía promoción alguna, estaba dejado a su merced en la red, totalmente alejado de una intención de anzuelo o reclamo. Simplemente allí se dejó.

16

Episodios como los del parque de bomberos o el juicio por pintar en el metro no disuadieron mis intenciones. Nada más lejos que esos contratiempos disminuyesen aquella dedicación, la de insistir en el intento de convertir mi firma en una constante presencia visual. La determinación con la que abordo esta labor de la que hablo intuyo que deriva de la duda sobre si lo que hacía, aquello en lo que parecía esforzarme y destinar energía, era suficiente, si realmente se trataba de algo a considerar. La ausencia de unos datos claros y de perspectiva provocaba que no llegara a ver la dimensión de los resultados.

Las noches de firmas continuaron, pero al amparo de la oscuridad y con la rapidez como aliada comencé a realizar piezas elaboradas. Yo particularmente, decidí que los lugares pasarían a ser céntricos y arriesgados. Esto obligaba a contar con vigías que dieran cobertura a las acciones; normalmente intentaba convencer a aquellos que no pintaban o que no se habían decidido a realizar ese tipo de actos. Con ellos controlando el paso de vehículos y a los nocturnos transeúntes, yo podía dedicarme a darle forma a mis letras en una apetitosa pared céntrica. Me beneficié de esta fórmula de implicar a amigos que me vigilaran en esas arriesgadas faenas, siendo ellos parte indispensable del éxito. Con este método, con la aplicación de esta técnica de acompañar mis noches con otros que dieran la cobertura necesaria para llevar a cabo aquellas comprometidas acciones, las zonas más concurridas de Hospitalet acogieron estratégicamente una de mis piezas. Ser capaz de realizarlas en un tiempo breve era mi mejor carta.

Le debo bastante a Jaime, que me vigiló en muchas ocasiones, a Martín, a Salva...Vigilaban dando fuertes resoplos, con el gesto de sus manos en la frente, las plantas de los pies clavadas en el cemento en el intento de frenar a algo o a alguien como consecuencia de los efectos derivados del riesgo. Si todo aquello tiene algún mérito, una buena porción es gracias a ellos. Decidí ser más ambicioso entorno a ese objetivo, aprovechando los días más celebrados del calendario, aquellos en los que la mayoría se reunían a la mesa para hacer honor al protocolo social del señalado día. Recuerdo una noche de fin de año, había elegido un lugar de aquellos imposibles de acometer por su continuo tránsito y sus múltiples accesos a vigilar. Estaba en una avenida que pasaba apenas a dos calles de la casa de mis padres. Así que tras la cena de fin de año, en ese espacio de tiempo de espera hasta la preparación de las uvas, con alguna excusa bien preparada, me escapaba a paso rápido dirección a aquella pared, nadie por las calles, en un silencio contenido por los muros de los edificios, todos estaban dentro de sus hogares. Así que cuando me quedaban unos pasos para llegar al muro ya el spray estaba en mi mano y un gesto rápido comenzó al llegar a la pared. En esos diez minutos pude rellenar las tres grandes letras a color plata, para después volver a hacer el trazo sin levantar la sospecha de mi madre. El plan era ese, hacerlo en dos partes, una pertenecería al año viejo y la otra al nuevo. Aún con los restos de las uvas en las muelas y tras los besos de rigor bajé rápido a terminar la pieza, debía darme prisa porque enseguida aparecerían por la calle los jóvenes, ansiosos por coger el metro y lanzarse a la discoteca...Únicamente debía llevar el negro para el contorno y un blanco pequeño para los brillos finales. Eran minutos en los que ni policía, ni vecinos transitaban las calles o miraban por sus ventanas. Esta manera de proceder cogió desprevenidos a esos muros, sorprendidos con unos movimientos que no se habían dado en Hospitalet. Servirme de las costumbres sociales para usarlas en mi beneficio fue algo que, una vez descubierto, utilicé siempre que pude.

Ya con la luz del día, dispuesto a disfrutar del placer de lo hecho recorría en moto el trazado de la noche anterior, cosa que me generaba una emoción especial al ver que lo hecho era real, dejando escapar algún balbuceo bajo el casco por la emoción contenida. Lamentaba los posibles errores o celebraba el acierto que, pese a la oscuridad y la adrenalina de lo prohibido, a la luz del día se reflejaban. Negar que había cierto cultivo de ego en todo aquello sería negar lo obvio. Caminar por las calles ante ese continuo exhibicionismo anónimo me provocaba una satisfacción singular y adictiva. Apenas un puñado de gente sabía a quién pertenecían las firmas o las piezas ilegales que pudieran distribuirse por la ciudad, tan solo unos pocos conocidos. Así que, aquel ego era muy diferente del peligroso ego común, era un ego condenado a moverse en la discreción y el anonimato, incluso de una naturaleza incomprensible y posiblemente despreciado por el resto.

A través de Manu había conocido a otro chico que estudiaba en la Escuela Industrial, un escritor de graffiti de Ciudad Bahía, de rostro pálido, aspecto gris y, una estética alejada de cualquier elemento que la relacionara con la acostumbrada por la mayoría de escritores de graffiti, su nombre Sergio. Se había formado en las calles próximas a San Andrés, lugar donde actuaban algunos de los mejores escritores de graffiti de Barcelona. Sergio, empezó a venir a nuestro barrio y a pasar algunas tardes con nosotros; era un tipo de pocas palabras. Lo llevamos a una de nuestras zonas donde se hizo una pieza que nos dejó boquiabiertos. Primero se hizo un contorno de tan solo una S con spray negro, y que ya nos pareció sorprendente por su estilo y elaboración. Al poco se hizo una con pintura plástica y trazo marrón en la que ya plasmó su nombre entero.

Diría que él fue quien provocó la evolución de mi pésimo estilo de entonces y la comprensión de la naturaleza que envuelve las letras; desconozco si provocó lo mismo en los demás, pero en mí y por lo que sé en Manu sí que influyó. Estas situaciones, que por mala suerte apenas se dieron en nuestros inicios, ayudaban a mejorar y a entender en qué consistía la fluidez de un estilo. Sergio pertenece al colectivo que abandonó, que desapareció; su firma escondía las iniciales de su nombre y apellidos, por lo que era fácil de recordar su verdadero nombre, busqué ese nombre y apellido en internet, en las redes, probando diferentes combinaciones sin éxito, nada, otro que eligió la senda del No, otro Bartleby.

En el libro de Vila-Matas, en su particular búsqueda de respuestas que sosieguen su inquietud por esos que ya no estaban; los que un día no se presentaron y ya nunca más les interesó hacerlo; en uno de esos ejemplos que cita en el que un escritor deduce que tras el éxito de una única novela escrita por él y su decisión de no volver a publicar, se activa una reacción en su círculo de amigos y conocidos que le animan, que le preguntan por qué y cuándo volverá a escribir y a publicar. Ese escritor del No en cuestión está convencido que, tras ese interés en que vuelva a publicar, reside la esperanza de que la próxima novela fracase.

Todo este tema de Bartlebys y artistas del No también lo he detectado en el espacio del graffiti, y ha ocurrido sin yo saber nada de Bartlebys. En ocasiones, algunos amigos de aquel momento, se preguntaban por qué este o aquel otro habían dejado de pintar, tratándose de auténticos referentes, admirados y reconocidos. Incluso, en el momento que alguno de estos huidizos tuvo delante a uno de los que continuaban o de aquellos que se sumaron más tarde, le animaban a volver, esquivando las excusas que emitía el que eligió el No hacer, iluminándole el camino de vuelta. ¿Qué buscaban exactamente, por qué esa necesidad de que vuelvan? He visto algún ejemplo de regreso, he visto a alguno de aquellos que en su día fueron grandes volver, como ese futbolista con sobrepeso, y los que no dejaron de estar activos o los que ocupan ahora un lugar de reconocimiento, a su lado, con una sonrisa inquietante y en una posición que incluso parecen disfrutar, muy diferente de la que tenían en aquel momento en que el otro decidió abandonar. Evidentemente, una vez conseguido que aquel que admiraban se haya expuesto, lo siguiente será recordarle cómo han cambiado las cosas, incluso escuche el consejo de que si va practicando volverá a alcanzar el nivel de antes. Pero aquello, que ha desaparecido desde el momento que accedió a reaparecer, toda aquella posición de ventaja, se desvaneció. Ahora, es carroña para carroñeros.

69 días ajeno a mis labores con las ruedas. He tenido visita con la doctora que trata mi tobillo; ha observado una evolución considerable y me ha dado cita para dentro de dos semanas. Se trata de la primera vez que vivo una baja laboral de esta dimensión.

El primer mes fue bastante difícil, inhabilitado para hacer cualquier tarea, sirviéndome de torpes movimientos que multiplicaban los esfuerzos para hacer la más sencilla de las operaciones. Ello ha obligado a S e incluso a G a asistirme en todos y cada uno de mis actos. Plasmando una estampa lamentable, la de un cuerpo relegado a un sofá, icono de la actual sociedad acomodada.

Esta pierna inmovilizada, me ha dejado imágenes bizarras como la de hacer el amor con un tercio de mi cuerpo rígido, concentrado en el placer y en no sufrir ningún daño. Hacerme alguna paja con la pierna lastimada colgando de la muleta y ver reflejado en el espejo semejante cuadro surrealista, puro vicio o el intento de normalizar una situación.

Principalmente me dediqué a leer y devoré varios tomos gruesos. Leí *Stoner* de John Williams, una preciosa novela que descubrí en un artículo de Vila- Matas, una historia sencilla y rebosante de cotidianidad que disfruté muchísimo, una vida desde el inicio al fin. Me reí, como pocas veces, con *Los asquerosos* de Santiago Lorenzo, un autor que me era desconocido y que tras acabar ese maravilloso libro pedí a S que me trajera de la librería lo que encontrara de él, regresó con *Los millones* y *Las ganas*, dos novelas anteriores publicadas también por Blackie Books y que me hicieron pasar buenos ratos. Aunque en Los asquerosos diría que el autor eleva su estilo y retrata con humor cabrón la idiotez del humano actual.

También vi una serie en tiempo récord, como si se tratara de una película interminable. Contraté HBO para hacer mis horas de sofá más llevaderas y, siendo un negado para con las series, reconozco que la nueva tendencia de crear series en formato de película es una buena noticia para los adeptos, aunque yo desistiré tras acabar esta fase de hombre tullido.

Retomé el dibujo en cierta manera, pues era el único formato que podía usar, una libreta y lápiz con la pierna en alto. Cuando he ido recuperando capacidades de movimiento he podido empezar a pintar pequeños papeles en la mesa frente al sofá, con todo preparado cerquita de mi alcance. Lo curioso, es que he olvidado por completo mi actividad laboral, a la que por contrario debo agradecer la manutención durante este tiempo, este cheque que en forma de nómina se deposita en mi cuenta cada mes. Me había acostumbrado al desalentador trabajo que realizo, me he dicho a mí mismo una y mil veces, las pocas cosas positivas que me podía decir al respecto. Tras cruzar las puertas de ese feo almacén desaparece cualquier esperanza de encontrar allí las cosas que intento cultivar y aplicar en mi vida.

Mi tiempo parece que ha pasado, el escenario laboral actual se ha enrarecido y tengo pocas esperanzas en mi perfil. Este trabajo, a pesar de todo, me ofrece unos ingresos, me deja libres los fines de semana y, sus ocho horas diarias, me permiten poder llevar a mi hijo a la escuela cada día y compartir con él las primeras luces. También le ofrece a mi cuerpo un estímulo físico, aunque uno de esos estímulos me ha llevado a la situación actual, la de un esguince de larga duración.

Por motivos que se entrelazan, estoy empleando parte de este tiempo en anotar aquí muchos momentos pasados, algunas reflexiones sobre ellos en las que no he esquivado la crítica. Los aciertos, que también alguno hay, me han sacado más de una sonrisa. He comenzado a escribir sobre los primeros años de mi andadura en el graffiti en un texto que no sé qué definición puede tener, porque en él comparten espacio -a veces anárquicamente- algunos de los temas que me interesan o que simplemente se cuelan, dando volumen a un contenido que no sé cómo calificar.

He podido retomar con bastante actividad mis pinturas, experimentando sensaciones que parecía haber aparcado; reflexionando sobre mis pasos, que como acostumbran, no dejan clara la dirección. Desde hace muchos años, mi diminuta existencia está condicionada por muchos comienzos, algunos de ellos llevados a cabo con cierta elegancia, incluso cierto reconocimiento. Aunque parece que esté condenado a no mantenerme en un destino y huya de él en cuanto este parece tomar forma definida. Llevo tres años viviendo en esta ciudad, una ciudad en la que ya pasé seis con un intermedio entre una etapa y la otra de tres años en Vilanova. A veces, yo mismo me pierdo en la dificultad de explicarme ante la pregunta de algún conocido, intentando lograr una explicación certera y resumida que relate los movimientos de un lugar a otro. Sin ya apenas pensar en que suene el viento del cambio, hemos construido en esta pequeña y a veces inhóspita ciudad, un nuevo asentamiento. Yo he dejado que estos argumentos, que ya son colectivos y pertenecen al triángulo que formamos, tomen las riendas. Mis propuestas desarraigadas deben esperar o extinguirse. Ha llegado el momento de abrirse a establecer un lugar "fijo".

Después de acumular bastas cantidades de pintura en un lugar concreto, a este, se le denominaba en ocasiones *Hall of Fame*, concepto extraído de los documentos de culto. Muy cerca de casa, apenas unas calles más allá, se hallaba un lugar de esa naturaleza. Un gran muro, que se alzaba paralelo a las vías del tren, con la gran estación de Hospitalet al fondo... No era otro que el muro exterior del cementerio. Un entorno feo, sucio, cubierto de chutas... Donde podías coincidir con los incómodos golfos del barrio, con algún yonqui o con algún atrevido vecino paseando su perro mil leches. Se trataba de un lugar que había dado cobijo a los más perdidos de cada casa, su nombre era Matacaballos, y el origen del nombre se debe al cercano puente que se elevaba por encima de las vías del tren y a sus antiguas historias de accidentes.

Si había en nuestro barrio un lugar que cumpliese con todos los ingredientes para narrar una buena historia ese era sin duda el Matacaballos. Aquellos muros, no solo daban refugio a los difuntos de la mayoría de las familias del barrio, de alguna forma, un lado y otro de esa inmensa pared de hormigón recibía sus visitantes que intentaban rendirles homenaje. Una cara, albergaba (con mayor o menor acierto) el lugar donde reposaban nuestros muertos, la otra, acumularía capas y capas de pintura e incontables encuentros. No había pensado antes que, de alguna manera, rendíamos homenaje a esa cara trasera del cementerio, que sin nuestra presencia hubiera tenido un aspecto muy diferente.

Había un lugar al que nos asomábamos casi al final del muro del Matacaballos, de allí, en ocasiones, se elevaba una columna de humo negro. Era el lugar donde quemaban los restos del contenido de nichos que habían perdido derecho a sepultura. Daba cosa sacar la cabeza para ojear -sin sentir cierto repelús- y encontrarse con los restos de ataúdes y atavíos varios tratados como escombros...Siempre los escombros.

Para situar al lector en este escenario, uno de los más significativos en nuestra primera etapa relacionada con el graffiti, me he propuesto acometer la tarea de describir más concretamente el espacio físico al que llamábamos Matacaballos. Desde la parte alta del barrio de la Florida, a escasos metros de los "peligrosos bloques" y formando parte de la calle Teide, se encontraba el paso que daba acceso al Matacaballos. Inmediatamente después de tomar ese desvío, se podía contemplar una amplia vista del paisaje periférico que lo rodeaba. En primer plano el puente verde del Matacaballos que se elevaba por encima de las vías y conectaba con el barrio de Sant Josep; mirando al suroeste, aparecía al fondo la gran estación de Hospitalet con sus múltiples vías y andenes. Volviendo la mirada al frente podía verse los grandes bloques de Bellvitge e incluso un poco borroso el mar, al noreste aparecía la silueta de Montjuic. Esa zona del barrio se sitúa sobre una loma poco pronunciada pero suficiente como para ofrecer unas generosas vistas. Dirigiendo los pasos hacia el Matacaballos, el asfalto daba paso a la tierra y la vegetación crecía ajena a la condición del entorno.

Bajo el "Mata" se encontraba un largo túnel que usaban los trenes mercancías, con una circulación poco frecuente y que se nos presentaba como prueba de valentía a quien se atreviera a caminarlo hasta el otro extremo. La mayoría tuvimos siempre pánico a adentrarnos en ese oscuro túnel, esos absurdos retos que uno se cree obligado a realizar sin mostrar reparo ni duda, donde el más valiente suele ser quien no tiene miedo a cuestionar la disparatada prueba. Recorrer aquel túnel –como única luz la de algún mechero- obligaba a una caminata larga y oscura, con todo tipo de abalorios asquerosos por los suelos, la constante suciedad… Si eras capaz de recorrer su trazado llegabas a la línea de la costa, la que tras abandonar la estación central de Sants se dirigía a Bellvitge, el Prat, Castelldefels…

También se habían levantado en el "Mata" -así lo llamábamos- muchas cabañas construidas por los peligrosos golfos del lugar. Solía andar suelto un desaliñado caballo de un gitano vecino de los bloques cercanos, que pasturaba los brotes verdes que se abrían paso entre la suciedad y los desechos. También había alguna historia trágica que no explicaré aquí, pero que convertían aquel lugar en un escenario propio de los arrabales descritos por Pasolini en su novela *Chavales del arroyo*. Un lugar donde los yonquis se colocaban de heroína, donde abandonaban sus chutas a las que tanto asco teníamos. La imagen del yonqui en plena faena la presencié infinidad de ocasiones durante mi infancia y juventud. El Mata, también acogió los días en que muchos jóvenes desgraciados encontraron en inhalar cola su distracción o punto de fuga, y al acabar de colocarse, prendían fuego a la bolsa de cola que había dañado su mente y la lanzaban contra los muros en los que ya se exhibían nuestras primeras marcas, lo que provocó algún enfrentamiento.

Pero al principio, los enormes muros del Matacaballos estaban sin graffiti, aunque casi al final, a una altura vertiginosa, se alzaba un mural hecho con brochas que nos parecía inmenso. Se trataba de una pintura en la que un barbudo con mirada feroz y, creo recordar, un rayo y nubes, miraba a la lejanía acompañado de unas grandes letras que con tipografía sencilla anunciaban: *El señor del tiempo*.

Esta obra fue respetada durante años, su autor anónimo, nunca supe quién la hizo ni he logrado respuestas esclarecedoras. Muchas veces, ha rondado mis pensamientos todo lo que tiene que ver con este episodio ligado a los inicios y a nuestro paisaje. El enigma que acompaña la pintura de *El señor del tiempo*, en ocasiones, me ha obsesionado. Pocas pinturas callejeras me han provocado ese misterio, aun siendo esta una pintura de una calidad discutible.

He imaginado al autor desconocido frente al muro virgen, anticipándose a todo lo que vendría después. Él solo, frente a la nada, dispuesto a crear algo, preguntándome qué le pasaría por la cabeza, cuáles serían sus inquietudes, si pertenecería o no al prototipo de persona que andaba esas calles. Lo imagino con sus pinturas y con las precarias y arriesgadas formas para poder pintar a esa altura en un terreno desigual, si estaría solo o acompañado, si lo fotografiaría, si era conocido en el barrio por los maleantes que iban en busca de cualquier situación que les proporcionara algún beneficio. Pero más me intriga saber, o aún mejor, más me alegra saber que alguien así, con ese empeño y en esos remotos días, se moviera por nuestro desamparado barrio y decidiera arrojar en ese miserable lugar una imagen que lo embelleciera.

El señor del tiempo, presagió de alguna manera que aquel debía ser el sitio indicado, el que acabara por convertirse en expositor de los inquietos escritores de graffiti venidos y por venir. En esos muros, donde reposaban nuestros inmediatos antepasados, se brinda un homenaje a través de la expresión plástica, de la energía y la rebeldía desenfrenada, siguiendo un impulso que nos ofrecía la oportunidad de crear algo que, durante muchos intentos, no estuvo a la altura de *El señor del tiempo*.

Supongo que queríamos hacer grandes cosas, que considerábamos algo importante aquellas obras primeras nuestras, sin una perspectiva clara, sin trazar un plan; porque el cuaderno que habría de narrar nuestra historia estaba en blanco, y de nosotros dependía dotarle de contenido. Arropados por la fuerza de *El señor del tiempo* nos dedicamos a nuestra enseñanza sin saber que estábamos inmersos en ella. Ligados a aquellos muros, a aquel espacio que fuimos dignificando poco a poco, donde las chutas serían sustituidas por botes de spray y los inhaladores de cola por nuestras formas y colores. Nuestra presencia continua atribuyó a aquel espacio algo de buena energía. Nos gustaba estar allí y también verlo desde la distancia, desde lejos, desde el tren; porque muchos de sus muros se asomaban al tren, provocando que nuestras jovencísimas caras se pegaran al cristal en los viajes en cercanías. Llegábamos a esa altura unos metros antes de entrar a la estación de Hospitalet, y levantábamos la mirada en busca de esas piezas y esas atractivas formas que, desde el tren, tomaban una dimensión que iba más allá de nuestra autoría.

19

Las pintas de algunos se exageraron. Pantalones anchos y demás elementos estéticos que se incluían en el *kit* del escritor de graffiti; sudaderas con capucha, chaquetas de las universidades estadounidenses y gorras de la misma índole formaban parte de la indumentaria. Yo apenas adopté esta estética, no me la podía permitir y a la vez la consideraba demasiado llamativa para mi gusto. Mi excéntrico capricho de aquel momento fueron los zapatos Marten's, usados por los *Skins* y los *Mod's*, aunque yo de esto apenas sabía nada, creo que me gustó ese concepto de zapato herramienta con el que podías poner el pie bajo las ruedas de los coches o romper botellas de vidrio. También me ofrecían una diferencia que era asumible para mí, que en muchos aspectos era un tipo tímido, capaz de asumir cierta dosis de extravagancia pero con unos límites bien marcados y dominables, aquellos zapatos eran como un juguete. Así pues, mi estética no entraba apenas dentro de los cánones del hiphop; esto me servía para pasar desapercibido a la hora de bombardear con mi firma, me hacía sentir más cómodo, alejándome del estereotipo estético adoptado en aquel entonces por muchos de los jóvenes escritores de graffiti, ayudándome el no dar excesivas señales a través del vestuario. Me ayudó también, ver que algunos de los escritores que admiraba vestían con bastante sencillez.

Aunque había ciertos aspectos estéticos de la movida hiphop que sí que me sedujeron; a principios de los 90, existía poca oferta destinada a nuestros gustos, y la que había era excesivamente cara para mis escasos recursos. Las sudaderas y las zapatillas siempre fueron mis artículos predilectos. En febrero de 1991, organizamos una salida a Andorra. Tuki, Dani, Suizo, Martín, Jordi, Carmelo y yo, nos subimos a un autobús dirección al país de las gangas, con la premisa de ir con las zapatillas más viejas que tuviésemos para abandonarlas allí, pensábamos que aquello de la aduana era una cosa muy seria. Nos vimos participando en aquella escena, tirando las zapatillas viejas y calzando las nuevas antes de subir al autobús de vuelta a Barcelona. Nos compramos (casi todos) las Adidas "Run DMC", las Randy les llamábamos, unas zapatillas negras con las tres barras blancas y punta redondeada, que había puesto de moda el grupo de música citado. Siempre fueron las zapatillas una obsesión y, pensar que ahora, en la actualidad, las zapatillas tienen una aceptación tan amplia no deja de ser sorprendente. A nosotros no nos dejaban entrar en ningún local si no nos calzábamos unos zapatos, únicamente los clubs de hiphop nos permitían entrar con zapatillas deportivas o como deseáramos.

La necesidad de encontrarnos con asiduidad, nos empujó a hacer de un parque (que más que un parque era un hueco sin edificios con unos bancos) el lugar para vernos y pasar las horas, además de fijar un punto de encuentro. A escasos metros de ese parque abrió un bar, donde antes hubo un taller de coches. Era un amplio local que el fin de semana acogía la gente que iba a la famosa discoteca Vaya Vaya. El bar era un buen sitio para ver chicas y tomar algo, aunque nosotros teníamos inclinación por los bancos del parque y las tiendas de comestibles en las que nos hacíamos con cerveza y comida. Muchos conocidos del barrio aparecían por aquel bar antes de ir a la discoteca Vaya Vaya, a la que nosotros no podíamos entrar ni por edad, ni por atuendo, ni por muchas otras cosas; exhibían sus mejores galas, bien vestidos y perfumados, con desenvoltura y una alegría que desconocíamos que poseyeran. Supongo que a nosotros, con nuestras informales pintas, nos verían más críos.

Encontrarnos cada día en aquellos remotos tiempos tenía cierto mérito visto desde la actualidad. Una actualidad de tecnología, en la que el contacto físico se sustituye por el virtual y en la que se han modificado considerablemente los hábitos sociales. Allí, en el parque, nos encontrábamos teniendo para ello que caminar un buen trecho. Yo lo tenía muy cerca, pero había los que tenían que trasladarse desde otros barrios y caminar media hora como poco. Dani, Carmelo, Martín, Peón, Jordi, Suso, Juanma, Manu, Abraham, Guli, Suizo, Jaime, Demo…Junto a amigos de unos y otros que se añadían. Eso era el parque, esa nuestra realidad diaria, la que moldeaba nuestro carácter y personalidad, la que podía ser capaz de hacer que nuestra ignorancia fuese menos notoria. Aquella realidad, nos llevaba a compartir cualquier descubrimiento que hiciéramos por cuenta propia. La distancia que cada uno tenía desde su casa no nos impedía asistir y pasar las horas juntos, para jugar a nuestro real video juego, al que estábamos viciados: el graffiti y el hiphop.

Nuestro referente en aquel momento era el Abraham, un entrañable chaval que, sin desearlo y con una humildad innata, era nuestro líder más carismático. Fue de los primeros de Hospitalet, y eso se traducía en que llevaba unos pocos meses más que el resto. Tenía un estilo que le fluía con naturalidad, era atrevido y, aunque sus ideas carecían de cualquier orden, acababan con sorprendente buen resultado. Había que ir tras él para que participara en nuestros planes, se trataba de una persona distraída y con un amplio círculo de amistades que le llevaban de aquí para allá. Su gran corazón y sensibilidad convivían con una valentía auténtica. Él dio algo de coherencia a los primeros graffitis que hicimos. Abraham, que era un tipo muy popular en el barrio, se repartía entre aquellos que dábamos forma a MSC y un numeroso y variado grupo de colegas que nada tenían que ver con la movida, estos se movían por los circuitos de discotecas de moda y no faltaban algunas tardes al cercano Vaya Vaya, por lo que no podíamos contar con Abraham en muchas ocasiones.

Escogimos un subterráneo que, bajo las vías, conectaba el barrio librando esa barrera que frenaba al caminante; ahí, en aquel oscuro espacio que a veces nos cobijaba de la lluvia, hicimos el que era nuestro segundo muro con una buena cantidad de sprays para aquel momento (este muro se elaboró en 1990). Habíamos hecho -un par de meses atrás- otro parecido a pocas calles, curiosamente también en un puente bajo las vías. El día anterior, blanqueamos con pintura plástica el muro y anotamos al pie un: reservado por MSC, algo que se solía hacer y que había aparecido en algún documento. Esas horas que separaban la tarde de la mañana siguiente en la que haríamos el muro, las viví con ese nerviosismo e inquietud previa de las grandes hazañas. Por la mañana, con todos los detalles ya revisados y la ropa elegida para la ocasión, me dirigí hacia el muro donde ya esperaba alguno de mis amigos. Aquella pared reluciente aguardaba su momento y a nosotros, por lo que parecía innecesario el haber anunciado el reservado en la parte baja. Poco a poco el barrio comenzó a despertarse y la gente a cruzar el puente. Animados por la expectación que generaba algo tan poco común en aquel entonces, nos sentimos especiales y lo pasamos en grande, nos creíamos importantes ante la curiosidad que despertaba en los transeúntes el vernos en acción. Hicimos unas letras en las que se leía: Radikal masacre, acompañadas del dibujo de una chica que, con su mano buscando el pubis, provocaba al observador. Cada uno de nosotros hizo y probó sus filigranas en un cargante resultado de efectos y colores.

Las piezas rellenadas a pintura plástica serían las habituales, baratas y muy visuales. Las paredes que envolvían el recorrido de las vías nuestras preferidas. Y, con este ritmo de las cosas pasaban los meses, aprendiendo lentamente de nuestros escasos logros, también de algún otro graffiti que veíamos en nuestras incursiones a otros barrios, consumiendo nuestra juventud improvisando. Toda aquella inquietud por hacer graffiti se convirtió en necesidad, salía desde adentro con una fuerza que inquietaba a los amigos que no pintaban. Más que la influencia de alguien, lo que cautivaba era la cosa en sí, el atractivo de la actividad. Nuestro plan era distinto y carecíamos de referencias o de ejemplos, carecíamos incluso de objetivo.

Los muros de la escuela acogieron mis primeras piezas en solitario. Recuerdo, que hice la primera -muy parecida al estilo de mi firma- a pintura plástica blanca y trazo negro, una pieza de dimensiones medianas hecha a plena luz del día. Seguidamente, hice las siglas del grupo ligeramente más grandes siguiendo el mismo método. Fuimos dando la vuelta a los muros del colegio, ampliando las zonas y sumándose los protagonistas.

Ir a visitar graffitis se convirtió en una costumbre, descubrir los lugares donde operaban otros grupos para regresar con la inspiración que luego aplicabas a tus nuevos diseños; únicamente ayudado por la memoria, por lo retenido en la observación apasionada de aquellos muros. Era parecido a pintar sin pintar, imaginarse cómo habían logrado lo que se presentaba ante nuestros ojos e intentar comprender cómo habían resuelto las dificultades técnicas. La insistencia nos llevó a aprender, aunque los avances eran lentos y torpes, tardando en reflejar en nuestras piezas cualquier destello de mejora.

20

El metro, los trenes cercanías y las vías del tren eran nuestro espacio, nuestro paisaje. Nunca pagábamos un billete, en el metro nos colábamos como si esa fuera la única forma de usarlo. Pasábamos andando por delante del taquillero o saltábamos la valla con absoluta indiferencia, a veces, le dábamos los buenos días o las buenas tardes haciendo gala de nuestro descaro. En la Renfe ocurría algo similar, si no podíamos evitar cruzarnos con el inspector y nos pedía el billete, como nunca lo llevábamos, accedíamos a su invitación de bajarnos en la siguiente estación para esperar al próximo tren. Recuerdo no pagar apenas un billete de transporte hasta cerca de los veinte años. Si al llegar a la estación de metro encontrábamos personal de seguridad, nos desplazábamos a la siguiente estación andando o esperábamos el momento oportuno, si de algo disponíamos era de tiempo. Eran recursos que no podíamos destinar al transporte, para poder así acceder a la pintura, a la compra de algún precario fanzine, algún disco y otros vicios menos sanos. La situación nos empujaba a usar los amplios recursos que tenían sitios como El Corte Inglés, donde nuestros anchos abrigos equipados con bolsillos recibían lo necesario, y donde más de una vez acabábamos en sus cuartos privados, descubiertos por sus vigilantes de incógnito que nos requisaban lo robado. No buscábamos artículos lujosos, lo nuestro eran los rotuladores, sprays y con suerte alguna casete.

El graffiti, es uno de los cuatro elementos que forman la cultura hiphop. Como ya se ha explicado en diferentes ocasiones y documentados ensayos empezó (al otro lado del Atlántico) con la música y el DJ, le siguió el rap, el baile, con el breakdance como expresión y, más tarde el graffiti, que dotaba de un fondo estético a los anteriores elementos que se fusionaron dando una forma más amplia al conjunto. El escritor de graffiti, era quizá el elemento menos significativo de todos ellos en sus orígenes, pero en nuestro entorno social y en general en el ámbito europeo, fue el que encajó mejor. Posiblemente, se adaptaba mejor a los hábitos del joven periférico de aquel entonces.

Tuvimos la suerte de cruzarnos con un chico que revolucionó la escena nacional del rap, que en aquellos tiempos – años 1991-1992- contaba con una representación bastante pobre aún. Uno de esos pequeños detalles que nos situaron en una posición un poco privilegiada. Era el primo de uno de los integrantes de 507 y MSC, del Prat de Llobregat, y se desplazaba a visitarnos a nuestro barrio, se llamaba M-D y su presencia nos ayudó a entender algunas cosas.

Por aquel entonces, era casi cita obligada, ir el fin de semana a la única discoteca exclusivamente orientada al hiphop y que estaba en el barrio de Fabra i Puig. Un largo camino en metro que pasábamos con las rimas de este pionero del rap, acompañadas por la improvisada base hecha por alguno de nosotros con ritmos creados con la boca (beatbox), inclinándose nuestros cuerpos hacia el centro buscando una buena acústica –los metros hacían un ruido ensordecedor-, sin prestar atención a la atónita mirada de los pasajeros. Allí, en *Soweto*, nombre de aquel pequeño y oscuro sótano, escuchábamos los clásicos y lo nuevo, conocíamos a gente y descubríamos la cara que respondía al autor de aquellas firmas que inundaban las líneas de metro o las calles.

Era algo muy común hacerse con una hebilla para el cinturón, donde en un rectángulo encajaban las letras que respondían a la firma del individuo. Todo el conjunto era metálico, con baño dorado, importadas de Inglaterra y tan solo las vendían en una -más que peculiar- tienda del barrio chino de Barcelona. Esta prueba sostenida en los pantalones también era un riesgo para los escritores de graffiti, y solo se usaban luciendo el nombre en las *Jam's* y momentos que no pusieran en un aprieto al portador. Los días de acción se solía dejar sin letras, un rectángulo vacío que mantenía el anonimato.

El hiphop permitió -a una parte reducida de los periféricos habitantes de esos barrios- formarse en una disciplina que ofrecía toda una serie de ingredientes atractivos por descubrir. Una cultura nueva y desconocida por el resto, que dilató nuestra percepción y la amplió, llevándonos a situaciones antes inimaginables.

Recuerdo el privilegio de ponerte frente a los platos *Technics* de un amigo y poder juguetear un rato con la tabla de mezclas *Géminis*. Desplazarse el sábado por la mañana hacia la calle *Tallers* a mirar discos en busca de alguno recién llegado de Londres, cuyo desembolso, te impedía hacer nada en semanas.

Conseguir que te prestasen una cámara de fotos para poder registrar tus piezas, crear tu álbum; lo cual te obligaba -por la falta de recursos-, a hacer todo lo posible por conseguir fotos acertadas para formar grandes empalmes. Al igual que nos empujó a ir de un lugar a otro en busca de las *Jam's*, esa búsqueda nos llevaba a movernos por todo el área metropolitana. El flujo de *Jam's* era constante, también algún concierto de los grupos locales del momento, donde nuestro preferido y al que no solíamos faltar era al de nuestro colega, que tenía en el *Halley* (una discoteca del Prat), algo similar a su sede.

21

He vuelto a imaginar la escena de *El señor del tiempo*; he vuelto a ver, con esa luz extraña de los sueños, el proceso. Un tipo alto y flaco con un chaleco, sin camiseta debajo, con un cigarrillo sostenido en la comisura de los labios y un ojo medio cerrado que se protegía del humo. La novedad es que había un acompañante, un tipo bajito y regordete que básicamente se dedicaba a mezclar las pinturas y hacerle llegar al otro el color que necesitaba en cada momento. Bebían litrona y quemaban de tanto en tanto una piedra de hachís. El flaco, le iba pidiendo desde lo alto de la escalera al otro si la línea estaba bien o si faltaba por aquí o por allá. El sol les atizaba la espalda y acabaron sin camiseta. El flaco, que en el sueño se llamaba Miguel, en un par de ocasiones estuvo a punto de perder el equilibrio en esa escalera.

Miguel, tenía como propósito acabar el mural ese mismo día, era un mural de dimensiones grandes y, lo que dificultaba su ejecución, era la altura y esa dichosa escalera. La cerveza y los canutos aportaron al principio energía, pero al cabo de las horas ralentizaba los movimientos y restaba el ánimo. Pero el regordete, que se llamaba Joaquín, era un compañero excelente y sus palabras sacaban la fuerza para que Miguel no dejara de mover la brocha.

Ya tenía acabado el personaje, ese tremendo rostro de *El Señor del tiempo*, alrededor de la cabeza pintó unas nubes y rayos nerviosos. Había que mover constantemente la escalera, bajar para situarla un poco más allá y volver a subir. Cada vez que Miguel bajaba de la escalera le esperaba un trago de cerveza que se refrescaba en un cubo con hielo, y unas caladas que le ofrecía Joaquín acompañadas de esos ánimos que se dan la gente de barrio.

Joaquín, se preguntaba a si mismo por qué querría acabarlo ese mismo día, al día siguiente podían volver, no tenían mejor plan. Al final, no pudo evitar hacerle la pregunta a Miguel, que sin dejar de pintar, desde lo alto de aquella frágil escalera le contestó: <<Lo he de acabar con la luz de este día, ha de ser

terminado hoy. Que estos muros grises y este sucio lugar reflejen un cambio de un día para otro es primordial. No puede venir alguno de esos gilipollas y ver esto a medias y que lo explique a sus paletos amigos…Él tiene que estar acabado para ofrecer toda su fuerza -y siguió- Una vez acabado, este lugar estará destinado a ser un espacio de creación en medio de este desesperado barrio. Si alguien se acercara hacia aquí Joaquín, lo echas, si hace falta, a punta de pincho. Nadie puede ver esto, de aquí a dos horas oscurecerá y ha de estar acabado. Si tuviésemos dos escaleras me ayudarías… ¿Cómo ves las letras de *El señor*, están bien de tamaño?>>, gritó Miguel.

Joaquín, estaba impresionado con la desenvoltura de su amigo en aquellas alturas, las proporciones estaban clavadas al esbozo. Tampoco se le iba de la cabeza a Joaquín, cuando Miguel se refería al mural como a "*Él*". O cuando dijo que debía estar acabado para ofrecer toda su fuerza…Quizá era el efecto de los canutos, pero la frase de su amigo se repetía en su cabeza mientras los movimientos de sus brazos, allá en lo alto de la escalera, tampoco paraban.

Ya empezaba a caer el sol con bastante rapidez, eran cerca de las nueve y, hasta los días de junio, en algún momento oscurecen. Miguel estaba acabando las letras, solo quedaban algunos detalles que, desde abajo, Joaquín se encargaba de hacer saber. Y llegó el momento en que no había nada más que corregir, a Joaquín desde abajo tampoco se le ocurría nada que añadir, estaba hipnotizado por la feroz mirada de *El señor del tiempo*.

<< ¿Cómo es posible que haya podido acabarlo tal como dijo? >>, se preguntaba Joaquín.

La luz que quedaba les dejaría tan solo unos minutos para contemplarlo, para grabar esa imagen en la retina. El corazón de Joaquín latía acelerado, emocionado mientras lo contemplaba, sentía como si estuviese frente una especie de divinidad mitológica.

La mirada al frente seguía al observador, el rayo y las nubes le otorgaban poder y las letras anunciaban frente a quién estabas. Miraba el muro y miraba la figura extenuada de Miguel, fijándose en las manos teñidas de colores y los ojos de su amigo posados en la obra.

<<Has hecho algo grande -pensaba Joaquín- y yo he estado aquí para verlo, hablarán de esto durante años; aquí, donde reposan nuestros muertos, aquí donde la golfería ha ensuciado el

espacio con sus errores, aquí han de pasar grandes cosas bajo la protección de *El señor del tiempo*... ¿Por qué no lo firmas? gritó Miguel. >>

Apenas había luz; Miguel, al escuchar a Joaquín se dirigió a la escalera, la tomó entre sus manos de colores. Joaquín le dijo que lo firmara al día siguiente, que ya no se veía bien... Pero Miguel, con la débil escalera en las manos, no se dirigió hacia la pared. Lanzó la escalera con las fuerzas que le quedaban hacia abajo, que se descompuso en varios pedazos al chocar contra el suelo.

22

En ocasiones, aparecía la oportunidad de decorar locales o persianas que nos proporcionaban un generoso lote de sprays sobrante (siempre diseñábamos el presupuesto con esa intención) que destinábamos después a las calles, lo único que realmente nos importaba.

Los meses corrían llevando consigo sucesos y noticias que nos mantenían atentos y conectados. Se abrió algún nuevo local que atendía nuestros gustos musicales, pero ninguno logró durar mucho tiempo. Imagino que el concentrar en un mismo lugar a los escritores de graffiti de Barcelona, tenía como resultado unas calles teñidas por firmas a spray y rotulador, esforzándonos cada uno en ello, sabiendo que estas serían vistas por todos los que iban al local de moda.

Llegó el momento del Train club, debía ser a principios de 1992 cuando el hiphop barcelonés se trasladaría en masa a este gran local. Imagino que poca gente en aquel entonces relacionaría el nombre con el icono más representativo para el escritor de graffiti: el tren. El club del tren real aún estaba por llegar, apenas habíamos hecho algún contorno en aquellos breves reposos que el tren hacía frente a nuestro parque, a las órdenes de aquel semáforo bajo el puente Matacaballos. Aunque, los más mayores, ya habían hecho algunos trenes de forma puntual, los primeros trenes elaborados de Barcelona.

Una serie de coincidencias dieron como resultado que se apostara por el hiphop para cubrir el viernes tarde de aquel inmenso local llamado Train club, con una primera y tímida prueba para ver cómo funcionaba. Contentos con el resultado, se acabó dedicando por completo todo el fin de semana. Tuki pasó a ser el Dj, le llamábamos Tuki por el perfil caprichoso de su nariz que, exagerando, evocaba al pico del Tucán, el apodo ya lo traía consigo antes de conocernos. Tuki vivía en Bellvitge, que estaba al otro extremo de nuestra zona. Un chico extrovertido y con afinado sentido del humor, a lo que se añadía también estilo y cierto éxito con las chicas. En la vida del Train club Tuki fue una pieza clave. Cada vez más, dedicaba su tiempo a la música, desarrollando un buen oído y coleccionando una interesante selección de vinilos. Al convertirse en Dj del Train, hizo que nuestro círculo fuese por primera vez un poco exclusivo; teniendo acceso a alguna consumición, a elegir temas, a pinchar alguna novedad que no había sonado y entrar en la cabina, pero sobretodo, el Train, provocó que la escena barcelonesa se trasladará a Hospitalet, a nuestras calles, lugar que de otra forma nadie hubiese venido a visitar. Las calles que hasta aquel momento habían acogido en sus muros nuestras firmas se vistieron con las de aquellos que venían de Barcelona al Train Club. En ese local se dieron Jam's memorables. El hiphop local recibía una nueva generación de jóvenes que se unía a los que llevaban un tiempo, creando una considerable masa de gente que atiborraba aquel club.

Mantuve una amistad muy intensa con Tuki en la que compartimos muchas horas, largas conversaciones por teléfono, con alguno de los espías (mi madre por norma) que en ese lejano supletorio, se colaba metiendo las narices en la conversación. Pasábamos el rato intercambiando ideas y pensando proyectos, pero sobretodo, nos reíamos. Siempre tuvo un especial interés por la música, que se sumaba a su interés por el graffiti; participó en un proyecto en el que él llevaba el control de los platos y nuestros pioneros amigos, Jaime y Abraham, rapeaban rimas sin un talento especial. Tal colaboración en sí misma no llegó a mucho, pero sí estableció la base de lo que sería con el tiempo una carrera importante para Jaime, pionero en nuestra escena local y, que entendiendo que no era lo suyo rapear, como tampoco lo fue pintar, descubrió que su verdadero talento era producir música. Con el tiempo, su carrera le permitió vivir de ello, ser reconocido por su trabajo y colaborar con los mejores convirtiéndose en un productor excepcional.

23

Había llegado a nuestras manos –cuando dábamos nuestros primeros pasos en la movida- una copia en VHS de la película Beat Street, documento de culto de la cultura hiphop. La habían puesto en la 2 una noche y Tuki la grabó en VHS; nos juntamos en la casa de Martín, hicimos un avituallamiento de comestibles varios para la ocasión y absorbimos cada fotograma de aquella cinta. Allí pudimos ver -con bastantes años de retraso-, una especie de musical ambientado en el hiphop de la costa Este y hacernos una idea de algunos de los elementos; ver representada, por vez primera, una imagen de la movida que, aunque salpicada por un aroma demasiado comercial, transmitió la atmosfera de la escena *neoyorquina*. Como el fuelle al fuego, avivó nuestro espíritu, dotándolo de una energía duradera y a la vez inspiradora, de efecto instantáneo, como cuando de niños salíamos del cine del colegio tras ver una película de Kárate, dando patadas y sonorizando los golpes.

Se nos ocurrió acechar a plena luz del día -cuando coincidía que teníamos pintura a mano y ganas de un poco de acción-, los trenes que organizaban su circulación a través del ya citado semáforo. Aprovechábamos esas paradas técnicas que realizaban los trenes siguiendo las órdenes de aquel regulador de tránsito situado bajo el puente Matacaballos.

La maniobra quedaba a unos cincuenta metros del parque donde parábamos aquellos primeros años; teníamos que apresurarnos, correr hasta llegar a la altura del convoy y saltar la valla para atacarlo. En esta línea, muchos trenes llegaban al final de su recorrido y al tratarse de final de línea, la estación de Hospitalet siempre ofrecía unos andenes donde lucían trenes en espera, en una bella estampa de más de quince andenes. Sentíamos especial atracción por el paisaje que ofrecían las vías y los muros que la envolvían.

Esas paradas técnicas las hacían para dar paso a otro tren en sentido contrario, la operación duraba escasos minutos que aprovechábamos a toda prisa para realizar algún contorno rápido o algunos tags; en ocasiones, ofreciendo la cómica imagen de alguno de nosotros corriendo junto al tren por no renunciar a terminar la faena. El asalto finalizaba con el silbato del tren que se acercaba y del parado que le contestaba. Y, de esta manera, empezó nuestra relación con los trenes, pequeñas picaduras que despertarían nuestros instintos más adelante.

De los componentes iniciales que daban forma al grupo MSC, la mayoría fueron difuminándose de diferentes maneras, quedando activos Dani, que lo fue desde el principio, y Tuki. En una conversación con Manu, usé para definir a Dani el adjetivo "Pusilánime", que es según la R.A.E: <<*Falta de ánimo y valor para tolerar las desgracias o intentar cosas grandes*>> Aunque la palabra me guste, no se ajusta al perfil del Dani. Sí que era un tipo que aborrecía enfrentarse a peligros o dificultades, pero encuentro más acertado el adjetivo, "temeroso". Su valentía residía en no negar su excesiva prudencia y compartirla sin tapujos; Dani, dio forma a un estilo de graffiti personal y de calidad. Era un enamorado del rap y también un salido sexualmente, todos lo éramos, pero Dani, llegaba a perder el control de los movimientos y gestos de su cuerpo, sus pupilas se dilataban, se desplazaba de un lado a otro balbuceando ves a saber qué, como queriendo evitar mirar a la chica y quizás para no dar pie a que todo ese trance se le fuera de las manos y acabase siendo demasiado incómodo. Dejaba escapar alguna expresión divina, siempre con Dios o la Virgen como protagonistas. La chica que pasara frente a él, provocaba que sus ojos se desorbitaran y enrojeciera de sus propios pensamientos.

Paralelamente, tampoco solía quedar satisfecho con sus piezas, bufando y maldiciendo bote en mano los resultados. En verdad, sus obras eran muy buenas, solía arriesgar en la propuesta y quizá eso le hacía no estar satisfecho con el resultado debido al riesgo del diseño. Sin duda, uno de los mejores de aquellos tempranos años. Bastante poco dado a lo ilegal, cuando pintábamos alguna cosa sin permiso o de cierto riesgo, los gestos y expresiones de Dani recordaban, en cierta forma, a los que realizaba cuando una chica maja pasaba frente a él. Nuestras cariñosas imitaciones lo parodiaban como un tipo exageradamente temeroso, despertando las típicas risas.

Un verano, los animé a pasar unos días en la Costa Brava, yo solía ir desde que era un mocoso a Tossa de Mar, lo hacía con mis hermanas y sus respectivas parejas que me sacan siete y ocho años; era un lugar que conocía muy bien. Allí pasaríamos cuatro días los tres mosqueteros. Transportados de la fea periferia, del cemento desgraciado de aquellos barrios a las cuidadas y limpias callejuelas de Tossa, a sus aguas cristalinas y con esos rostros tan diferentes de los que solíamos cruzarnos en nuestras calles. Unas calles, al contrario que las que acostumbrábamos a pisar, transitadas por elegantes y bronceados turistas que disfrutaban de los encantos de la Costa Brava.

Viajamos en tren y autobús. Tuki, llevaba una piedra de hachís para él con la que hizo alguna broma, poniéndosela cerca a algún pasajero sin que este se diera cuenta mientras él hacía alguna mueca burlona. Dani y yo no fumábamos, aún conservaba fresco mi apasionado paso por el baloncesto y no me había interesado por el humo. Pero, en la cercanía provocada por el viaje en tren, con todo ese camino por delante y con el verano corriendo por nuestras venas…Pues pasó que el olor del hachís nos cautivó a los dos y Tuki tuvo que resignarse a compartir su piedrita con nosotros.

En el mismo tren en el que teníamos que llegar hasta Blanes para después coger un autobús hasta Tossa, hicimos la primera cata. Nada es comparable a las primeras risas producidas por los canutos…Las miradas temerosas de Dani cogieron un punto excesivo por el efecto que provocaba en sus ojos esas torpes caladas, que acompañaba con miradas a ambos lados en un vaivén de esos ojos sueltos y brillantes. Expresiones que escapan a mi limitada habilidad para describirlas con palabras. Lo cierto es que, nos gustó tanto el efecto, y nos reímos tanto con las caras que poníamos al intentar hacer bien la operación de inhalar el humo, que a pesar del pedo, llegamos a la conclusión de que aquella piedra sería insuficiente. Y lo fue, porque los días y las noches que pasamos en aquel hostal de Tossa de Mar acompañados por nuestra ácida actitud, nuestros ojos chivatos, las burlas que, en un entorno en el que apenas nadie hablaba nuestro idioma, provocaba que nos lanzáramos a charlas burlonas con los turistas. Riéndonos de ellos y riendo de las risas, hasta que la risa se reía tanto de sí misma que entrabas en esa especie de traba para respirar e incapacidad para mantenerse erguido.

24

Sin ser preciso en las fechas ni en los motivos, como a lo largo de todo este relato en el que a veces improviso o invento, nuestros caminos se cruzaron con los de la gente de Hospitalet norte de una manera más constante. Ya habíamos tenido encuentros puntuales, y en nuestros inicios comenzó nuestra relación con David y Dany. David era un amigo de Tuki y Dani, habían creado un grupo de música en sus respectivos inicios unos meses antes de que se unieran a MSC. Hace 12 años David murió en un terrible accidente de coche. La noticia nos dejó a todos paralizados y, aunque nuestros caminos se habían distanciado, su personalidad era tan enormemente apreciada por todos, que aquel trágico suceso nos hizo mucho daño. Si pienso en él aún recuerdo su rostro con esa sonrisa, con una mandíbula bien marcada, del perfil de un actor de cine. Un tipo elegante, con un enorme conocimiento musical y estilo vistiendo, siempre en la onda, avanzado en las tendencias, pero sobre todo era una gran compañía con quien te sentías especialmente a gusto. Su pérdida, sencillamente, es algo muy triste.

Regresando a la gente de Hospitalet norte, un grupo amplio con divertidos y provocativos personajes con un humor ácido y atrevido, con personalidades impredecibles capaces de provocar lo inesperado siempre de una forma creativa. Tenían una habilidad que resaltaba por encima de otras, eran rapidísimos en sus réplicas, en su humor que acompañaban con expresiones cómplices que dominaban todos, haciéndolos atractivos y peligrosos a la vez.

Nuestras noches se desplazaron hacia el norte, a unas fábricas abandonadas y derruidas que conservaban algunos muros en pie; las ruinas de Hospitalet no tenían valor arquitectónico, eran ruinas recientes, de un pasado industrial cercano…Y, en medio de esas ruinas, pintábamos y nos colocábamos. El deambular nocturno, con pintura, hachís y cerveza como principal equipaje, acompañado de las risas y anécdotas que hacían de combustible, convirtió aquellas nuevas relaciones en lo que cariñosamente apodamos: niños de la noche.

Te destornillabas de risa con las ocurrencias de Dany, sus provocaciones y su afinado sentido del humor. Se sacaba la polla sin ningún rubor en el momento menos esperado. Lo recuerdo en una imagen congelada, él subido en la fuente del niño -de Josep Campeny, de plaza Universitat-, abrazado a la escultura y meando. Su repertorio de salidas cómicas era devastador e inagotable. Germán, con su melena rubia y su sonrisa endiablada, un jovial aspecto que amagaba a un sujeto con un fuerte carácter y buenas dotes para la pelea. Alguien, con quien equivocarse por su aspecto podía resultarte caro. Y estaba Ramón, que era un tipo tranquilo capaz de lo mejor y lo peor, partícipe en los diferentes formatos y con un interés natural por recoger imágenes de esos momentos. Un tipo con un humor negro que le asomaba por debajo de la nariz incluso en los momentos serios.

Quedaba Toni, que fue pionero y estampó sus firmas con una determinación poco común. Toni, con un buen estilo, se decantó desde el inicio por expresarse a través de personajes en lugar de letras. Pero era un bombardero nato, creo que nos parecíamos bastante en nuestra enfermiza insistencia de emplearnos a ello. Nos complementábamos bien y poco a poco nuestra dedicación pasó a expresarse en una fusión en los muros y trenes que duraría años. Mis letras y sus personajes acabarían siendo un clásico. En estas idas y venidas de nuestro barrio al de ellos se fue dando forma a una sólida asociación, la combinación de los diferentes ingredientes que Hospitalet ofrecería al graffiti.

Llevaba unos minutos corrigiendo el relato, pero no podía quitármelo de la cabeza, he vuelto a tener ese sueño, aunque esta noche alguna cosa ha cambiado; no le había prestado mayor atención hasta ahora. Primero, he preparado un café, he salido a la terraza y he recibido la fresca temperatura matinal que ofrece esta ciudad antes de castigar con su tórrido clima estival. Entonces he pensado en el sueño y, como normalmente hago, he buscado si existía alguna influencia que me haya llevado a él. Nada, no recuerdo conversación o documento culpable más allá de la repetición, de que ya había soñado algo muy parecido.

Ocurría algo similar a lo que soñé la vez anterior...Inesperadamente, amanecían muertos todos los políticos, todos sin excepción, altos cargos y cargos menores, desde ministros a sencillos alcaldes. Todos muertos, los que se sostenían en congresos, en los Parlamentos, en ayuntamientos...La noticia acaparaba -con la inmediatez propia de estos tiempos-, la atención del conjunto de la sociedad. Los ciudadanos, incrédulos, se reunían en corros improvisados junto a los portales, se frotaban las sienes con preocupación, se preguntaban, se respondían...Otros, que más o menos habían comenzado de similar forma pero sin frotarse las sienes, sin esos gestos de preocupación, más bien de sorpresa, tras llevar un rato de pie decidieron bajar unas mesas y algo que poner en ellas. Las cervezas acompañadas de algunas olivas ofrecían a la situación otra perspectiva, otro ángulo. Los niños corrían ajenos a las nuevas y, de repente, como suele pasar en los sueños, ocurrió que algunos se habían puesto a gritar en las plazas y otros paraban a escuchar. Se dieron aplausos y se sumaba público. Tuvieron la idea -venidos arriba por los ánimos recibidos-, de ser ellos los sustitutos, de comenzar una nueva política. Incluso aparecieron unos carteles que se encolaron por las fachadas donde lucían sus caras y su lema, ya se disponían.

Pero pasó que, al día siguiente, estos mismos aparecieron también muertos. Todo muy rápido, sin detalles, como suelen ser los sueños o algunos de mis sueños. Sin llegar a ocupar un cargo, muertos, y algunos se reunían preocupados, se preguntaban, se respondían, se frotaban las sienes. Otros volvieron a bajar las mesas, ahora ya eran muchos, los niños corrían en su mundo...Aquella vez nadie gritó en la plaza, a nadie se le ocurrió.

He pensado en toda una serie de cosas que llevarían a la gente de ese sueño al más enrevesado caos. El sueño toma una determinación y lo mismo le da los cabos sueltos. Pensaba yo, con el vaso de café sujeto en la mano y como argumento para rebatir esa irracional situación que había soñado, que los militares tomarían el mando –esos siempre están al tanto de estas cosas- pero igual que los otros, morirían al día siguiente, cualquiera que intentase dirigir amanecería muerto.

En verdad, la inquietud me ha acompañado el rato que el café se ha mantenido caliente.

25

Mi madre, me examinaba las manos al llegar a casa para ver si había restos de pintura. Yo salía de casa con pasos de indio para evitar el ruido de los botes de spray en la mochila. En una de sus encarnizadas luchas contra el graffiti llegó a tirarme a la basura mis fotos, bocetos, y recuerdos materiales acumulados en esos primeros años. Enojada por tener que ir a buscarme -cuando yo contaba dieciséis años- a la comisaría de policía de *plaça de Catalunya*, situada bajo la misma plaza, a la que se accedía por una boca como si fueses a coger el metro. Allí esperaba yo al abogado de oficio que debía defenderme, lo hacía desde la tarde del día anterior.

Me habían pillado en la estación de *plaça de Sants* tras bombardear los pasillos que hacían de transbordo entre la línea 1 y la línea 5. Tuve la mala suerte de cruzarme con un guardia jurado violento, al que acompañaba uno más tranquilo pero pasivo frente la actitud violenta del otro, que se cebó conmigo. Al verlos llegar, lancé el rotulador con todas mis fuerzas al interior del túnel convencido que tal lanzamiento impediría que lo pudiesen encontrar, imaginándome un túnel como aquel que pasaba bajo el Matacaballos, oscuro y lleno de escombros.

Ordenaron detener el tránsito de metros, se me acercó linterna en mano y me golpeó con ella en la cabeza antes de bajar en busca de la prueba que me inculpara. Una vez lo encontró me llevaron a un cuartucho pequeño en el vestíbulo de la misma estación, allí, a puerta cerrada, me propinó una paliza, una especie de escarmiento, la reacción de un tipo amargado y desquiciado. Yo había perdido todo miedo, le insultaba y amenazaba como podía; uno de los golpes me hizo sangrar la nariz y tuve la ocurrencia de usar la camiseta para limpiarme, dejándola con un llamativo rojo. Esto lo hizo dudar, incluso me pidió que me limpiara con el agua del lavabo que había en ese cuartucho en lugar de usar la camiseta, pero ya era tarde y yo estaba ido.

Tras ser avisados, llegó la policía nacional al lugar y la sorpresa fue para mí y también para ellos. Los policías se alarmaron al verme a mí –que no dejaba de ser un niño de dieciséis años- con la camiseta ensangrentada saliendo de aquel cuartillo acompañado por los dos *"seguratas"*. Me llevaron directamente al hospital, al médico forense, recomendándome dar nota de cualquier lesión o dolor, cosa que hice y así quedó en su informe. No tenían mucha simpatía por los vigilantes, ni entendían esa agresividad por motivo de unas firmas.

Tras la visita al médico forense me llevaron a la comisaría donde esperé la llegada del abogado y, al retrasarse este tanto, verme obligado a llamar a mi madre -o para ser más concreto- acabar facilitándole al policía el teléfono de casa. La reacción de mi madre me causaba más pánico que la propia situación.

Fue lógica su respuesta, la de mi madre, y la puso en práctica tal como llegamos a casa. Buscaba cualquier cosa que tuviese que ver con el graffiti y, en esas, encontró una citación para un juicio por otra denuncia del metro – la cual pude conservar en secreto hasta ese momento, confiando que podría atender el proceso sin ser descubierto-. Al dar con ella, y entender que se trataba de otra citación judicial por pintar en el metro perdió la cordura al instante, no entendía nada de todo aquello que se desvelaba ante sus ojos, generándole un odio por el graffiti que, como un volcán, entró en erupción en ese mismo instante. Gritaba y rompía fotos a la vez en una mezcla de rabia y lamentos, destrozaba libretas, dibujos, aniquilando en un abrir y cerrar de ojos mis inicios. Documentos que hoy, sin duda, apreciaría como una joya y que desaparecieron para siempre, mutilándose así mi memoria.

Treinta años después, aún me sigo retorciendo por lo que se perdió en aquel arrebato de mi madre. Todo aquello que fue a parar a la basura. Mi sentimiento de culpa por lo ocurrido la tarde anterior en el metro y luego en la comisaría, me impidió contenerla ni convencerla. Aunque en aquel momento mi madre era un rival inabarcable para mí.

Aquel pellizco a mi historia fue algo que, en ese momento, no imaginé que pudiera llegar a ser tan relevante. Perdí las primeras piezas que hice, mis libretas de las que no recuerdo nada, bocetos de amigos, carteles de Jam's que colgaban en la pared y fotos de alguna obra que me inspiraba. La pérdida de aquellas primeras piezas me duele aún, hablo cada dos o tres días con mi madre y no le he vuelto a decir, desde hace años, el dolor que causó.

En mi escuela de primaria -que estaba a pocos metros de la casa de mis padres- pinté tres piezas, mis tres primeras piezas, diría que ya he hablado sobre ellas…Dos eran a pintura plástica blanca con trazo a spray negro, reproducían mi nombre de forma bastante similar al *tag*. Pero el resultado, aquellas resplandecientes letras en blanco y contorno negro, en aquellos muros vírgenes, en aquel barrio virgen de graffiti, era impactante y las visité decenas de veces.

Documentos de mi paso por este mundo, las huellas de mi andar por él, pérdidas que me duelen a menudo porque ahora miro más atrás. Culpé a mi madre por ello mucho tiempo, la he culpado de diferentes maneras, hasta llegar a la manera de culparla sin culparla. Al contrario de lo que suele pasar con una herida física y su cicatriz, que el tiempo se encarga de camuflar o restaurar, esta con el tiempo se abría, con el tiempo empeoraba hasta que se aprende a convivir con ella. <<Yo no hablo de venganzas ni perdones, el olvido es el único perdón>>. Vuelve a tenderme una mano Borges, porque lo cierto es que he olvidado el dolor que me causaba aquella pérdida.

Siempre fue de un carácter fuerte, de resolver las cosas con determinación, acertando en muchos de sus posicionamientos; me daba rabia tener que darle la razón en alguno de ellos. No se la daba. Pero hay cosas que ha hecho de tal manera…Cosas que detesté, y sin embargo, las perdono. Lo gracioso, es que esas cosas a ella se la traerían floja. Es posible que desde aquel suceso se haya acentuado mi tendencia a preservar, a ordenar. No sé si esa sería mi naturaleza o se hizo a sí misma como respuesta a los acontecimientos que afectaron a mi archivo de juventud.

Cuando era niño, antes de esos episodios de juventud en los que el graffiti ya se movía sigilosamente por casa, intentaba reaccionar rápido a los días en que mi madre decidía que había que hacer limpieza de trastos y de cosas que ya no se le daban uso. Temía esos días, y como he dicho, eran anteriores al primer gran tajo a mi memoria.

La molesta corriente de aire a través de las puertas y ventanas abiertas, el olor a químico del producto de limpieza, su ritmo de movimientos frenéticos que desentonaba con lo deseable en la mañana de un sábado. Entraba en mi habitación con una bolsa grande de basura, bayeta y trapo en mano, con la intención de tirar, tirar, desinfectar. Una tormenta de verano de las que cogen por sorpresa, para las que no te has preparado y te sorprende con las ventanas abiertas, la ropa tendida y el libro en la tumbona…

A los pocos meses llegó el juicio. Se celebró en los juzgados de Arc de Triomf; mi madre y yo esperábamos en los pasillos a ser llamados. Por la expresión de mi cara -o por conocerme como conoce una madre a su hijo-, se dio cuenta de que los dos hombres que se acercaban por esos amarillentos pasillos eran los guardias que me cogieron, los que me pegaron.

Me preguntó -sin necesitar respuesta, sin esperarla-, si habían sido ellos. Se lanzó como un animal salvaje, insultándoles a gritos a un centímetro de sus caras. Utilizó su repertorio de vejaciones más diverso y ofensivo –mi madre está dotada de una retórica capaz de insultar sin pausa para respirar-. Los avergonzó de tal manera que no se atrevieron a decir palabra. Hasta que fue llamada al orden por personal del juzgado.

El juicio se celebró sin que nosotros tuviésemos un abogado defensor. El juez y el fiscal se pusieron a analizar los hechos, se escuchaba ya la condena y a mí no se me había preguntado nada, ni había indicios de que les interesase mi opinión. Les corté, interrumpí ese sentido único que estaba tomando el asunto, sin consultarlo con mi madre, sin importarme el permiso de nadie, tomé la palabra y aproveché para acercarles el documento forense que acreditaba las lesiones. Un giro brusco, un cambio en el ritmo de los acontecimientos que se estaban dando en aquella sala, miradas entre fiscal y juez, una breve pausa y sentencia absolutoria para mí y suspensión de trabajo para aquellos dos trogloditas. Yo seguí pintando, y lo iba a hacer mucho más sofisticadamente, más peligrosamente.

26

Y ahora, mientras deambulo -como es costumbre últimamente- frente al portátil, escribiendo sobre aquello que pasó, he fijado la vista en lo que veo desde aquí, desde la terraza donde paso buena parte de las horas que, confinados, ha pasado a ser nuestro contacto con el exterior, con el ir y venir de los pájaros, ajenos a este problema que experimenta la raza humana. El canto de los pájaros ha sustituido el ruido de los coches, parece que canten con una energía nueva, se mueven sin descanso, imagino que se explican y comentan lo que nos sucede, se deben estar retorciendo de risa, o no reparen en ello en una indiferencia todavía más cruel. Se centraran en las ventajas, aprovechando para visitar a parientes solo por placer, porque se escuchan, porque hay más silencio.

Hasta los murciélagos han avanzado - y por ello arriesgándose -, el final de su hibernación. ¿Cómo les habrá llegado la noticia? No creo que les haya llegado, les ha llegado el silencio. Ahí, colgados de los pies, cabeza abajo en la oscuridad de su lecho, el silencio les envolvió.

El silencio les provocó tal curiosidad que, a pesar de las aún frescas temperaturas, salieron con el fin de la tarde a revolotear sabiendo que no abundan los insectos, empujados por el fisgoneo, por descubrir qué provocaba el silencio.

Hace cuatro días llegaron las golondrinas, con ellas deben llegar noticias a las otras especies, lejanas noticias. Al ser aves migratorias, habrán ido viendo en su largo viaje toda una serie de diferencias, al principio no muy pronunciadas; vienen de África y las primeras evidencias de que algo pasaba era que el cielo no lo cortaban aviones; ni rastro de esas apestosas estelas.

El cielo estaba tal cual, sin el atronador ruido. A medida que subían hacia el norte anunciando la primavera en occidente, estas espléndidas aves, fueron detectando otros cambios más pronunciados al sobrevolar el estrecho. El silencio de Andalucía era inquietante, ni rastro de aquello que les explicaron sus padres, lo mismo pasaba al cruzar Valencia…Su vuelo, que se dirigía más al norte, se vio interrumpido por la curiosidad, encontraron necesario hacer una parada técnica, quizá los pájaros locales sepan alguna cosa.

27

La mayoría habíamos vuelto de la mili, algo que -debido a nuestra condición periférica-, nos convirtió en ganado numeroso y fresco que engrosaba las listas de ese -ya debilitado- servicio obligatorio. La mili me llevó lejos y fueron pocos los permisos en que me podía permitir viajar a Barcelona; también apareció un extraño deseo de quedarme en esos lugares, alejado de todo. Seguí con el graffiti en la medida que pude, pinté alguna pieza y decoré la mayoría de macutos de los demás reclutas, lo que me permitía ganarme favores en forma de cervezas, algo de hachís o dinero.

No suelo pronunciarme sobre la mili, intenté librarme con la excusa de que me sudaban las manos, pero no funcionó. A veces siento vergüenza por haber hecho la mili, por no haber tenido la información para haberme hecho objetor de conciencia como otros, aunque menudas mierdas tenían que hacer algunos objetores...En esa mili que me tocó ya no podían con nosotros, los militares no nos podían mantener a raya y se convertía en un juego tirando a corrupto. Nos encargábamos de torpedear sus creencias, sus valores que considerábamos estúpidos. Y por eso acumulábamos arrestos. Aquella actitud rebelde de la mili provocó que, sucesivamente, fuera metiéndome en líos, provocando a los que mandaban y a otros jóvenes soldados...Era una constante transgresión de las normas militares, un aprovechamiento de sus recursos, y eso se traducía en recibir más de una vez sus castigos.

En los pocos permisos que regresé a casa íbamos a pintar, reencontrándome con los amigos. A veces, me agobiaba por la situación de estar alejado de lo que se hacía, y a la vez, lo que se hacía me empachaba por no estar presente. Aunque la maldita mili rompió una dinámica y nos separó, provocando el cambio de algunos, que se vieron de repente dejando el graffiti para abrazar otra cosa. No llevé bien aquel cambio de ciclo en que me vi sin ninguno de mis antiguos compañeros de MSC, sin Tuki, Dani, y también Martín, Carmelo, Peón y todos los demás, la "colla" inicial se había difuminado y lo evidenciaban sus nuevos atuendos

Pero el cambio tomó forma con otros que provenían de otra pandilla, un grupo sin apenas recorrido a los que conocía levemente. La mayoría eran vecinos del barrio, algunos de ellos estudiaron en la misma escuela que lo hice yo. Recuerdo que surgió alguna disputa inicial sin importancia; cuando ellos empezaban yo tenía las calles de nuestro barrio bastante atormentadas por mis firmas. La rencilla inicial no pasó de ahí y acabamos saludándonos cordialmente o como fuéramos capaces. Eran chavales del barrio, propensos a las contiendas, enzarzándose fácilmente en peleas. Con el tiempo, alguno de ellos fue incorporándose progresivamente para más tarde formar parte de nuestro siempre numeroso colectivo.

El cambio de paradigma fue pronunciado y brusco. Raúl, Jose María, Salva, Alberto y Tonino, fueron los que, por motivos que no recuerdo, se unieron. Se fueron cruzando nuestros pasos y empezábamos juntos a hacer algunas cosas. Aunque a mí me pesaba a veces esa nueva escena, tenía una percepción difícil de gestionar por mí ya precaria capacidad en las relaciones.

Al reflexionar sobre ello y, si no escondo por protegerme o por vergüenza lo ocurrido, el resultado de aquellos cambios arrastraban consigo dudas, quizá haciéndome sentir perjudicado por la nueva escena, por haber perdido los contenidos y formas que me aportaban mis antiguos compañeros que, imagino, comparaba con los que me ofrecía la nueva situación. En encuentros con los amigos del norte de Hospitalet, con los que seguía teniendo una relación, y que efectivamente formaban parte de los inicios y, por lo tanto, poseían aquellos conocimientos e informaciones comunes, me reprochaban de alguna manera mi nueva compañía dificultando así mí ya frágil posición. Y, me arriesgo a escribir algo que, no sé si es real o forma parte de los coletazos del ego, pero esa presión quizá me llevó a actuar de la manera que lo hice, volcándome en la evolución de mis nuevos amigos, en traspasarles mis escasos conocimientos, en marcar piezas con sus nombres, escribir con mi estilo sus firmas, quizá con la intención de que mejoraran lo más rápido posible, de que se ganaran el respeto de los demás.

En lo que se refería al graffiti y la cultura hiphop existía una diferencia significativa entre los que renunciaron y los que se sumaron. Los que se sumaron apenas tenían conocimientos ni inquietudes por la música rap, escasamente habían pintado. La relación se construyó, examinándola desde mi actual posición y ateniéndome a mi caso, desde una convivencia que acabó dando forma a la amistad.

Un trabajo me proporcionaba ingresos para pintura, y mi estilo, como el de la mayoría, había mejorado. Se trataba de ponerse al día, de reencontrarse con la gente, descubrir a qué se habían dedicado y desempolvar el dedo tras ese paréntesis de nueve meses.

Dimos, dieron (a mí ya me llevaron cuando la habían descubierto) con un espacio que superó a todos, entró en escena la Fábrica de tochos. La literalidad de este nombre respondía a un solar inmenso que se supone era una antigua fábrica dedicada a hacer tochos. Siempre asignábamos un nombre a todo, normalmente eran lugares desprovistos de nombre o que tan siquiera merecían uno. En aquel lugar no quedaba edificio en pie que recordara tal actividad, solo los muros, que formaban un rectángulo tan grande que podría construirse en él un estadio.

Se encontraba en el fondo la pared frontal, un muro de unos veinte metros de ancho por siete de alto. Entrando a la izquierda había una larga pared que se elevaba desde el suelo de tierra en el que crecía algo de vegetación. A la derecha, el terreno subía hacia arriba en un pronunciado terraplén, coronado ya en lo alto por un larguísimo muro en forma de paneles que parecía inacabable. ¿Por dónde empezamos?

Sus muros, acogieron nuestras formas y colores, y lo hicieron durante un largo tiempo. Allí se hicieron muchas piezas, ese espacio nos permitía pintar relajados, aislados de todo lo demás, favoreciendo que mejoráramos y quizá diésemos en sus muros el salto definitivo a un estilo ya perfilado.

28

Existía ese orgullo de pertenecer al barrio, posiblemente, se trate del orgullo del periférico. Con la alterada percepción que producen los canutos, estirados en un respiradero del metro y mirando al cielo, con una convicción desmedida, dialogando sobre lo que haríamos con nuestro millonario premio (que habíamos decidido imaginar) que nos había tocado en la lotería; narrando cada uno sus deseos, sin esperar el turno ni escucharnos, interrumpiéndonos; pero coincidiendo en una cosa: que aunque el premio nos hubiera convertido en ricos, nuestra residencia continuaría en el barrio. Alguno, ofreciendo más detalles de su particular sueño, elegía comprar toda una planta del edificio más atractivo del barrio y convertirla en el espacio soñado, integrado en su ajetreo constante. ¿Existía nuestro barrio? O dicho de otra forma, ¿existían el resto de lugares? Puede que aquel barrio nuestro se tratara de uno de aquellos lugares que no se tenía en cuenta más allá de sus fronteras, ese lugar olvidado…Uno tenía la impresión de que no importábamos a nadie y, que el mundo y sus noticias, sucedían sin saber de nuestra existencia. Cuando transcurren estos pasajes que se narran, Hospitalet permanecía ausente de todo, tan solo allí vivía gente.

La periferia y sus gentes han recibido más de un pensamiento salvador por parte de sociólogos, políticos, artistas. Muchos de los argumentos que se han utilizado llevan consigo el contenido de reparar carencias, las materiales, las culturales y quizá las espirituales. La mayoría hemos visto, en un momento u otro, estas propuestas como acertadas y necesarias. Pero desde el reposo de la reflexión, me inclino a reconocer la singularidad de aquel entorno y el contenido humano de aquella periferia, seguramente similar a otras.

Lo que se elevaba de ella y la dotaba de esa particularidad, era el estilo. Si entendí bien unas reflexiones de Pasolini, diría que, el estilo nos une en un entorno abstracto e indefinible en el que se producen sinergias, reconocimientos, compatibilidades. A pesar de que los posicionamientos se pudieran encontrar en las antípodas, el estilo nos puede hacer fluir. Y, en eso, los barrios periféricos son reconocibles, su estilo les hace moverse sofisticadamente en esa espesura que es la periferia, desapercibido desde fuera, incluso desde dentro. El ingrediente sería el estilo.

Nuestro barrio era, a pesar de todo, alegre y bullicioso. Lo conocíamos como nuestra casa, cada rincón, la ruta más corta, la que evitaba a la policía, donde se encontraba la tienda que necesitabas, dónde el mejor trapicheo. Conocíamos incluso las firmas y piezas que nos iríamos encontrando al girar o cruzar cada calle. Hospitalet, vista desde el cielo, es un entramado complejo de apelotonados edificios sin apenas avenidas y ausencia total de cualquier monumento, es fea y maltrecha, muy fea; y en ella, una buena cantidad de barrios se unen y desunen sin apenas margen. Todo apretado, lleno de edificios donde vivían las familias, en la mayoría de casos, familias numerosas. Traduciéndose en unas calles desbordadas de gente, donde grupos numerosos paraban aquí y allá.

Un desorbitado número de bares por cada calle daban cobijo a los hombres que ahogaban en alcohol los esfuerzos empleados en la obra, el taller o la fábrica. Calles con un sinfín de tiendas y más tiendas de todo tipo. En definitiva, un barrio lleno de vida, de peligros también, pero una energía brotaba por sus calles.

El perfil más común del vecino de los populares barrios de Hospitalet era un individuo llegado de otras tierras, que solía conservar su acento intacto: andaluces, murcianos, gallegos, extremeños…Todos ellos representados en los carteles de los bares y tiendas: bar Sevilla, bar Granada, bar O 'Chispa, bar Ándalus…Y así, hasta dejar constancia de la diversidad concreta que se daba y se repetía hasta la saciedad, ausente de originalidad y negándose a renunciar a sus orígenes. Lo difícil era encontrar algo referente a la cultura catalana. Siempre digo que, en el barrio, un catalán recibía el apodo de "catalán".

De aquí surge, probablemente, la relación de "extraña pertenencia" de los habitantes de las periferias, de los hijos de inmigrantes, educados en castellano, que estudiaron catalán en castellano. Quizás tenía razón Paco Candel y éramos los otros catalanes, o puede que ni tan siquiera eso, posiblemente no estábamos en ninguna clasificación. Puede que ni una cosa ni otra, que fuéramos sencillamente los "otros". Estas peculiaridades que apunto se daban en los años de mi infancia y juventud, todo esto cambió a partir del siglo XXI. La especulación inmobiliaria y la nueva migración darían paso a un barrio diferente, los locales bajarían sus persianas y el aspecto pasó a ser otro. Cambió el estilo.

Aquella diversidad de tiendas a las que empecé a ir mandado por mi madre, esos bares donde se comía lo mejor a buen precio, bares que no necesitaban salir en las guías, ni ser mencionados en las -todavía inexistentes- redes. En casi todos ellos podían degustarse unas tapas maravillosas, al estilo andaluz, extremeño o gallego. Hoy en día, en estos tiempos de tontainas y *hastag's,* serían lugares de peregrinación, de *selfie's* en la entrada, de valoraciones, de *like's.* En toda esa diversidad, que se inspiraba en sí misma y que mantenía un nivel tan alto por la sofisticada oferta y competitividad entre ella, los había que se consideraban excelentes. En esos costaba coger mesa, a veces había que esperar para saborear sus bravas, sus chocos, sus caracolillos al vaso, los pinchos morunos y los pescaditos fritos. Que tristeza por perder aquello, que pena surgió hace ya más de veinte años, cuando nos despojaron de todo más rápido de lo que fuimos capaces de soportar. El paisaje se entristeció y se deprimió hasta la resignación. Pero, ese barrio en el que se transformó no es el de las historias que aquí se narran, las de aquí se dieron en el bullicioso y caótico orden del barrio inicial, con olor a frito limpio.

29

Ya he comprobado bastantes veces lo traidora que puede llegar a ser la memoria. Incluso, si la diferencia de tiempo es pronunciada te pueden llegar a atribuir sucesos y manifestaciones que dirías que nunca salieron de ti, y lo peor es que has de cerrar la boca, apenas tiene sentido discutir por lo borroso, por lo diluido.

La memoria, ¿quién la tiene intacta, quién la guarda tal como pasó, quién conserva la copia auténtica…? Nada más falso que la memoria y, a la vez, más verdadera que las fotos; si no recuerdo mal leí algo parecido a este apunte en *Guía de Mongolia*, de Basara.

Eran suaves días de septiembre, aún debilitado por el servicio militar, por haber estado ese tiempo alejado de lo que se estaba haciendo, intentando recuperar el tacto y los hábitos, asimilando los cambios que se habían dado en mi ausencia. El que fueran días suaves de septiembre debe ser fruto de la auto-construcción que hace la memoria; la mayoría de los recuerdos relacionados con el graffiti suceden en pantalón corto y manga corta, alternándose con otros que son lo opuesto, abrigos, bufandas y guantes; con lo que podían haber sido oscuros y fríos días de algún otro momento. Aunque, los días soleados, la luz y la piel al descubierto está más presente incluso en los archivos fotográficos.

Se había medio esfumado aquello que, desde 1989, había compartido la ingenuidad, el descaro, el descubrimiento, la amistad y la pasión por algo tan extraordinario. Ya no se recompondría, aquella gente dejó el graffiti, se adentraron en senderos desconocidos, porque casi todo lo que no fuera graffiti era desconocido, prescindible, lo que hacían los demás. Mis compañeros de viaje eran otros y, como ya he mencionado, al principio me costó pero intenté reubicarme en esa nueva situación. Me lo pasaba bien con ellos, ayudado por la novedad y por la comodidad de vivir cerca, en el barrio, con más cosas en común con ellos que con aquellos otros que empleaban sus fines de semana en asistir a la discoteca de turno.

En ocasiones miraba alrededor y me sentía perdido porque todo había cambiado demasiado, las características de originarios y sustitutos eran muy diferentes y se daba un nuevo paradigma que coexistía con una terrible sensación de soledad, de abandono. Los nuevos compañeros me recordaban la pérdida de los que abandonaron. <<Cabrones, abandonasteis cuando estaba por llegar lo bueno... Nos quedaba por disfrutar y conocer tanto, y me dejasteis solo, defendiendo el acrónimo que estuvo en boca de muchos, el que nos encargamos de difundir por las calles y líneas de metro. A veces, junto a mi pieza acabada escribía vuestros nombres, sí, porque quizá así parecía que aún estabais por ahí. >>

Pero aprendieron, me refiero a los otros, al nuevo grupo de colegas; el transcurrir de los días y la insistencia les hizo mejorar y empezaron a crear piezas interesantes. Realmente, a mí me importaba bien poco la calidad que pudieran tener, pero sí echaba de menos que mis piezas lucieran junto a algunos de los que empezamos aquel camino. Cuando veía las creaciones de mis colegas del norte de Hospitalet, que habían sufrido también el abandono de gran parte de los que empezaron pero que conservaban un núcleo importante, sentía cierta envidia.

Este tema me está agotando, me resulta complicado encontrar la verdad y, sinceramente, me importa poco o nada después de tantos años e intento dedicarle unas líneas por la dificultad que he tenido en conversaciones mantenidas sobre esto, donde ni mis recuerdos ni el de los otros me convencen. Mis recuerdos están demasiado influenciados (eso intuyo) por mi Yo actual. Indagando, me encuentro vagando por estas cansinas situaciones en busca de detalles de algo que apenas importa. Voy a intentar resumir esa sensación de incompleto que desprendían las relaciones que vinieron después de la primera fase: eran incompletas, lo he escrito al anunciar las premisas del resumen, y me he reído tontamente tras leer esta frase tan simple...Eran incompletas porque ya nunca fueron tan sanas, ¡esa es la palabra, ese es el concepto! Nunca fueron tan sanas (aquí me he vuelto a reír por esa forma de responderme con la propia pregunta). No fueron tan sanas y a la vez se mostraban incompletas. Y, acabaron dando buenos momentos, amistades, incluso más tiempo de relación. Pero siempre había algo turbio en ellas; con el tiempo he entendido y estoy casi convencido de que lo turbio era yo.

En conversaciones que he tenido en estos últimos tiempos con algunos de los que compartimos esa época, se me ha transmitido una serie de opiniones que me atañen y desconocía totalmente. Ya he explicado que éramos rudos, y por qué no admitir, también un poco simples; teníamos enormes dificultades para dotar a la comunicación de un mínimo de contenido; las bromas y expresiones burlonas eran lo nuestro. Por ese motivo -al menos ese pensamiento es el que aparece- no llegamos a decirnos grandes cosas, apenas éramos capaces de saber expresarlas y, si alguien era capaz, no lo hacía quizá por falta de receptor.

Desde la madurez de estos tiempos actuales -pues ya han pasado treinta años, y todos superamos los cuarenta-, cada uno ha ido adquiriendo unas mejores dotes para la comunicación y, con esas y quizá acompañada por unas dosis de nostalgia, se hace más fácil hacer un esbozo de las cosas con la palabra como medio. Es cierto también que el graffiti en su totalidad ha entrado en una relación con sus inicios que no se había dado antes. La vieja escuela, los primeros escritores, aquellos que dominaban calles, metros, trenes, los que hicieron los primeros viajes y regresaron con información... Eran los admirados por los que ahora ya son maduros y, así sucesivamente, se ha ido creando y construyendo un argumento del pasado.

El graffiti barcelonés ya tiene un extenso recorrido como para disponer de datos históricos y archivos con más de treinta años de antigüedad. Por lo tanto, el recuerdo de aquellos días surge como una asignatura más que se añade a la cultura del graffiti y el hiphop en general. Una asignatura en la que se debate, se recuerda y se organiza el pasado y sus influencias.

Asocio a esta tendencia de organización del pasado y a esta nueva relación con los jóvenes años del graffiti, el motivo por el que se me dediquen desde hace algún tiempo, méritos y agradecimientos por mi colaboración o inspiración a terceros. Cosas muy concretas, nada serio ni voluminoso, simplemente comentarios, opiniones. Sí que yo sabía de mi esfuerzo por intentar hacer llegar mi nombre al mayor número de sitios, de mi insistencia en conseguir una presencia en los diferentes soportes, y veía un resultado en ello, incluso la suma de los años marcaban claramente una inclinación constante de lo que llamábamos bombardeo. Pero no recuerdo comentarios al respecto.

Me han llegado algunas opiniones valorando positivamente mi influencia en otros escritores, lo han hecho a través de las redes sociales. A algunos de ellos no los conocía en persona por la diferencia de edad, a otros sí, pero desconocía que tuvieran esa opinión. El reconocimiento sienta bien en su justa medida, aunque rehúyo de él, alguien dijo *"las buenas críticas me silencian"*. Ahora es inofensivo, han pasado tantos años que ya no puede sacar más que una sonrisa interior, celebro que haya sido así y que estas palabras lleguen ahora inofensivas y agradables.

Incluso Salva, que fue muy cercano, con el que más fácil me fue hablar durante un buen curso de años, me ha revelado opiniones que me eran desconocidas. Expresa que, la influencia que tuve en él y otros fue determinante, atribuyéndome méritos que no recuerdo me llegaran nunca a los oídos. Yo he olvidado la mayoría de situaciones que me intenta hacer recordar, sí que recuerdo algunos detalles, como el escribir sus nombres con mi estilo, aunque eso lo hacía porque me gustaba, no pensaba en ayudar, puede que en acelerar o inspirar, o simplemente me gustaba tener otras letras que no fueran las mías. Quizás sí que hice, sin darme cuenta, un poco de guía; me inventé grupos para que estuviéramos juntos bajo unas siglas; porque MSC, tenía que quedar como se dejó, huérfana. Esos grupos, que era gratis crearlos, hacían la función de camaradería, de inclusión y de una posible motivación.

En mis pocos permisos durante la mili, nos hicimos algunas letras a plástica que se alternaban con algunas noches de fiesta y firmas como era costumbre. Raúl y también Tonino se animaron a ir más allá de las firmas, Raúl evolucionó insistiendo y dedicando sus esfuerzos. Pronto su estilo fue mejorando y renovaría el reparto aportando frescura a los muros. También Jose María se entregó a las piezas, a las letras y colores. Salva, esperaba su momento, mientras tanto firmaba, observaba, se empapaba de todo hasta que creyó oportuno dar el paso y, como ocurre en todo principio, que cuesta y parece inasumible, Salva lo libró con su empeño y no tardó en ser un nuevo valor de la renovada escena. Y un caso aparte era Alberto, gitano, con sus trapicheos, con sus cinco puntos de la delincuencia tatuados *"talegueramente"* en la mano, con sus cojones como medio de expresión. Alberto formaba parte de esa nueva estampa, te pedía un bote de tanto en tanto para hacer su firma, pero a él le interesaban los negocios, los ilícitos y carraspeaos negocios. En general, compartimos muchos momentos juntos, momentos de charlas inacabables, risas y moraos.

Salva y yo mantuvimos una relación amistosa muy productiva, él era un conversador magnífico al que le gustaba escuchar e intervenir. Aprovechábamos cualquier momento para vernos. Para ello, tenías que ir al portal de la casa y picar al timbre, o haber quedado el día anterior. Esos eran los métodos para vernos; si algo se salía de lo rutinario, cualquiera del grupo de amigos se veía obligado a ir probando de un sitio a otro en busca de los demás.

Yo trabajaba en un taller que manufacturaba el vidrio. Un encargado estricto se ocupaba de mi enseñanza y preparación. Era un tipo peculiar, formaba parte de aquellas personas que vivió el método de aprendizaje de los gremios antiguos, aquellos en los que apenas siendo un niño entraban a trabajar sin paga a cambio de aprender. El encargado se llamaba Enric, era un tipo duro, fumador incansable de ducados, catalán, muy conocido y respetado en el sector del vidrio. De hecho, él fue una especie de fichaje realizado por el jefe de la empresa en la que trabajábamos, de la cual le hizo partícipe y le dejó organizar todo. La mayoría de clientes llegaban porque Enric se encargaba de ofrecer su oficio. Enric me había cogido como su pupilo, me enseñó siguiendo un enigmático sistema en el que él marcaba los pasos y les dotaba de una solemnidad que seducía. Mientras yo seguía las pautas de Enric, en las idas y venidas de mi casa a Esplugues -donde se encontraba el taller-, quedaba con Salva prácticamente a diario, apurábamos rápido el plato para salir de casa y tener por delante un tiempo para charlar.

Nuestro barrio había dejado atrás el abandono de sus pioneros y se había renovado con una nueva y activa pandilla. Los significativos cambios que se habían dado, por otra parte ya explicados, dan comienzo a un nuevo grupo de colegas, uniéndonos a menudo con los integrantes del norte cuya fusión se consolidaría en los siguientes años.

Hace unas semanas conversé por teléfono con Jose Espina - de los primeros en hacer graffiti en el barrio-, a Jose lo conocí desde los inicios y, aunque solía ir por libre, se dejaba ver algún día por nuestro barrio que alternaba con diferentes grupos y zonas, acabó por ser uno de los habituales en el parque y en los muros conjuntos. La conversación giró en torno al pasado, a las anécdotas y pasajes que repasamos brevemente. Sabe que estoy elaborando un texto, hablamos de ello y le expliqué que él aparece en diferentes momentos y con especial protagonismo en uno de los episodios. Estuvimos hablando de la mirada con la que nos veíamos el uno al otro en aquellos tiempos. Jose, fue un referente en Hospitalet, para mí y creo que para muchos; vivía entre Can Serra y Can Vidalet. Una pesadilla en el metro y en las calles, sus piezas poseían un estilo avanzado y salvaje. Nos visitaba con regularidad hasta convertirse en uno de los asiduos. Sin saberlo, hasta el momento de esta conversación telefónica donde le confesé que, en aquellos primeros años, me vi empujado a un esfuerzo continuo por mejorar que iba asociado a su actividad y estilo, que me llevaban a una competencia con él, secreta, pero el buen resultado de sus producciones me mantenía siempre alerta. El graffiti y el Skate eran sus labores, diferenciándose del resto tanto por su aspecto como por sus gustos musicales. Tuvo como inspiración al que quizá fue el primer escritor de graffiti de Hospitalet, Vidal Torres.

Vidal, tenía unas piezas en Can Serra que, nosotros, verdes aún, íbamos a visitar y a gozar su contemplación. Pasó un tiempo hasta que nuestros caminos se entrelazaron. Formaba parte de un grupo legendario de Barcelona en el que también estaban otros grandes nombres. Vidal, fue un espejo en el que nos miramos todos y es una auténtica leyenda viva del graffiti. La primera vez que vi a Vidal aparecer por el parque acompañado por Espina, su presencia provocó en mí esa emoción que solía aparecer al cruzarse con los grandes escritores de graffiti. Estábamos acostumbrados a conocer al sujeto a través de su firma, de sus leyendas, y no conocer su aspecto. Por eso, al ver a Vidal allí, hablando, moviéndose, verlo firmar con el spray y comprobar que era aquel el autor de lo que veía por las calles, provocaba una intensa emoción que se apoderaba de mí, y solía repetirse cada vez que se producía un encuentro con cualquier escritor de graffiti de recorrido, era tal la inocencia y la pasión por esta cultura. Aunque todas estas emociones, evidentemente, eran íntimas, secretas, y no las compartía con nadie.

El graffiti, se encargaba de llenar la ausencia inicial de motivos por los que juntarnos e intentar conocernos. Lo demás, la verdadera amistad, la bondad, el humor o la confianza ya era cosa de suerte, mucha suerte. Todo giraba en torno al graffiti y, las relaciones, en la mayoría de casos provenían de ello, siendo difícil mantener un estrecho contacto con otros que no pintaran o que no se interesaran ni se sintieran cómodos en ese escenario. El hacer graffiti en aquellos tiempos te condicionaba significativamente el número y el perfil de las amistades con las que interactuar y, a pesar de que la propia actividad llenaba un amplio espacio de la relación, existían enormes carencias en otras facetas. Aunque creo que se daban casos diferentes, con el paso del tiempo esto cambió; ya no sería necesario que tus amigos fueran escritores de graffiti, ya no tendría tanto peso en la actividad el estar acompañado exclusivamente con gente de la movida, ni el estar presente en un lugar para estar al día de las notícias. La información llegaría por otros medios, con proyectos que ofrecían un espacio físico donde hacerse con ella y, donde haciendo una visita, podías saber el qué y el dónde. Todo eso lo ofrecería a partir de 1993 el *Game Over*, la tienda que hacía parte de la función que años atrás hacía Universitat (la del encuentro) pero a la vez, permitía poder comprar u ojear fanzines extranjeros y nacionales, maquetas de grupos, suministro de pinturas...Allí también encontrabas todos los carteles de Jam's que estaban por venir.

30

Llegó, en 1994, el mayor de los acontecimientos que se habían dado en Barcelona y diría que en todo el estado; por su calidad organizativa, por su acertada localización y artistas invitados: La muestra internacional de graffiti del *Poble Espanyol*.

Estas líneas, sin darme cuenta, dejándome llevar por una inercia que, imagino, se debe a las primeras reflexiones por el propio acto de escribir sobre lo ocurrido en esos años, en las que comencé a narrar muchos de los pasajes de este texto como si te lo explicara a ti, como si una especie de conversación a través de la correspondencia nos llevara, sin ser yo consciente, a dar grueso a todo este periodo que se ha ido construyendo en forma de relato. Comenzó así, en aquel ya lejano principio de este texto periférico, con aquella falsa correspondencia, aquellos inexistentes correos electrónicos. En una especie de introducción en la que me dirijo a ti, en la que incluso te hablo de la decisión tomada de no hacer semejante labor. No negaré que, en varias ocasiones, mientras los dedos se activaban en este viejo teclado del portátil con el que llevo a cabo el relato periférico, me daba cuenta de que te hablaba a ti, en ocasiones no eras tú y cuando enfocaba mi propia imaginación el interlocutor había cambiado y podía ser Salva, Manu, Tuki, y tantos otros. Pero en bastantes ocasiones hablaba contigo, tú que eres de pocas palabras, quizá por eso te hablaba, porque necesitaba que el texto -que discurre por la débil estructura de la memoria- se encontrara con puertas desconocidas, puertas de las que tú -removiendo la mano en el bolsillo-, sacaras la llave.

Me gustaría que ahora, en ese espacio en el que mi imaginación deambula para encontrar las imágenes y convertirlas en palabras, en el que tu rostro aparece con escasa definición, que incluso no atiendes mis demandas y te haces el sordo, exactamente ahora, necesitaría que me dieras tu versión de cómo se gestó el episodio del *Poble Espanyol*, cómo y quién te otorgó esa especie de autoridad que te permitió invitarnos.

Eso no va a ser posible, en primer lugar porque no te lo preguntaré, y creo que es mejor intuir o si es necesario inventar cómo se dieron las circunstancias. Deduzco que el hecho de contar entre tus amigos a uno de los organizadores, ya no solo del evento del *Poble Espanyol,* sino de muchas otras cosas que se daban en el escenario barcelonés del momento, fue posiblemente el motivo para que se te diera la oportunidad de incluir algún nombre.

La muestra de graffiti del *Poble Espanyol,* si mis recuerdos no son traicionados en exceso por el paso del tiempo, reforzaron o me dieron la prueba definitiva que, aquello que hacía, el pintar graffiti, se trataba de una decisión acertada, que había valido la pena todo ese camino recorrido desde 1989, y silenciaba todas las voces que en diversos momentos de mi vida lo habían cuestionado o lo habían tomado como algo irrisorio, temporal e infantil. El graffiti, a través de aquella muestra, al menos para mí, fue dotado de una particularidad mágica de la que me sentí orgulloso de ser partícipe. Posiblemente, por primera vez, se nos trató de una manera exquisita y se cuidaron todos los detalles, posicionándonos claramente en el *Underground* más alternativo del panorama.

Más que tener calidad para la exhibición, que no era el caso, la muestra me sirvió para ver en primera línea a los grandes artistas de graffiti de nuestra ciudad y de otros lugares de la península, también invitados de renombre de otros países. Allí, forzando el rendimiento de las retinas y el de los dos hemisferios con los que viene equipado nuestro cerebro, íbamos de plafón en plafón viendo lo que hacían los autores de graffitis que habíamos visto en fanzines o libros. Los escritores que admirábamos nos llevaban entre tres y cinco años, nosotros estábamos muy lejos aún de alcanzar aquel nivel. Pasamos aquel fin de semana con nuestra acreditación colgada del cuello, con nuestra caja de sprays gentileza del evento y el deseo de que aquello no se acabara nunca.

31

Aquel pequeño sótano, donde transcurrieron múltiples capítulos de mi infancia, esa pequeña vivienda con un patio que aún conservaba las plantas de mi difunta abuela, acabó siendo una importante sede de la movida autóctona. Mi abuela murió en el verano de 1994, con mi hermana mayor de luna de miel.

Al poco, las dos hermanas mayores se independizaron, se fueron con sus parejas a sus respectivos nuevos hogares. El sótano quedaba vacío. Antes de eso, la numerosa familia vivió -como creo que ya he explicado- en aquel sótano diminuto durante unos años, mis padres, abuelos, y los cuatro hermanos. Un total de ocho, aunque cuando yo apenas contaba cuatro o cinco años, mis padres compraron un piso en el edificio colindante. Un entresuelo, en el que ya no tenía que decir: ahora subo. El nuevo piso, de tres habitaciones, desahogó aquella saturada convivencia ofreciendo un espacio más ordenado a cada uno, aunque la vida se seguía haciendo en el sótano, en el nuevo piso únicamente se cenaba y se dormía. Mi abuela y abuelo se quedaron en el sótano, y mis padres con sus cuatro hijos en el piso nuevo. Dos en cada una de las tres habitaciones. Mi abuelo murió al poco de darse el cambio y mis hermanas mayores se mudaron al sótano con la abuela, primero una y a los pocos meses la otra.

Siempre fue un poco confuso el ir y venir del sótano al otro piso, entre nosotros les decíamos piso de arriba y piso de abajo, así de simple. Lo más enrevesado es que compartían la misma línea de teléfono…Cuando sonaba el ringg, lo hacía abajo y arriba, dos ¿quién es? a la vez desconcertaba al que llamaba. ¡Cuelga! ¡Cuelga mamá!... Produciéndose esa intromisión que yo particularmente llevaba tan mal, porque mi madre siempre añadía alguna cosa, importándole bien poco la llamada que recibías. Aunque, mi abuela, fue quien llevó esa práctica al límite del delirio, colándose en la llamada, permanecer escuchando e irrumpir con su agresivo tono exigiendo alguna cosa, alguna tarea, lo que acababa en una discusión en directo. Pasé enorme vergüenza con el dichoso teléfono, cada llamada iba acompañada de una discusión entre dos miembros de la familia por cualquier tema pendiente, siempre que mi madre o mi abuela cogieran el maldito teléfono acababa en un enfrentamiento, pocas veces la llamada transcurría con normalidad.

A parte de lo del teléfono, el patio del sótano era uno de los tantos patios a los que daban los interiores de esa fea isla de edificios, el piso de arriba asomaba su balcón a escasos metros del patio del piso de abajo. Los *Mamas*, desde el patio mirando hacia arriba y las llamadas de mi madre hacia el patio de abajo, era algo parecido a un sistema de comunicación y entrega de paquetería. Aquel ir y venir de voces, órdenes, demandas y discusiones nunca lo llevé bien, me incomodaba hablar en medio de aquella colmena de ventanas y balcones, sobretodo hablar con mi madre. Ese piso, con ese patio, con aquellos métodos de comunicación ásperos se convirtió en la vivienda en que mi hermana menor y yo tramposamente nos independizamos. Tramposamente, porque seguíamos comiendo en casa de mi madre, más bien recogiendo la comida y bajándola. Aquello nos aportó libertad de movimientos y el poder llevar algún amigo sin la incómoda presencia de mi madre. Las ventajas que ofrecía quedar en el piso provocó que se fueran uniendo algunos más y, en bastantes ocasiones, medio parque estaba en aquel pequeño sótano.

Allí dibujábamos, bocetábamos sin parar, escuchando música y fumando petas acompañados de café con leche…Pinté una gran cartulina con spray para colgar en ella algún montaje de fotos, una especie de gran collage. Quienes aquellos días pasaron por allí participaron recortando fotos, pegándolas, creando diálogos y composiciones en lo que acabó siendo un gran montaje, en el que se mezclaba graffiti con imágenes nuestras formando situaciones cachondas, las risas.

La risa siempre presente, siempre buscada, fluyendo, nuestro estilo de vida, una de nuestras dedicaciones. Lo pienso y creo que, no solo la buscábamos, sino que nos esforzábamos para que brotara. La observación, la rapidez de réplica, las imitaciones y el absurdo. Yo siempre tuve un problema con el absurdo. La risa incontrolable que aparecía para jugármela, para ponerme en la situación más bizarra, en aquel siempre difícil aprieto. La inexplicable risa que nadie más consigue discernir su por qué, su origen.

Recuerdo tres situaciones en las que la risa me puso en un aprieto incómodo. Si alguno de mis amigos de la época estuviera leyendo esta explicación, recurriría al hachís como el motivo principal que provocaba la risa, pero nada más lejos. Una de esas anécdotas que intentaré narrar a continuación se dio antes de que yo empezara a fumar. No estaba relacionado con ninguna sustancia, ni con ningún chiste ni burla. Se trataba de una risa que provenía de canales complejos de descifrar, difícil de ser comprendida y de escudriñar su naturaleza, que incluso tras llegar yo a recuperar la compostura, la respiración y el control de mi cuerpo, acababa por sentirme culpable por ello e incapaz de explicarme.

Habíamos robado en el Corte inglés, contábamos 15 años, en nuestros bolsillos ya se escondía algún rotulador grueso y nos dirigíamos a la sección de música para hacernos con una casete de Public Enemy, aún no existían los cd. Aunque pensáramos lo contrario, éramos torpes robando e imagino que, desde nuestra entrada, la vigilancia seguía nuestros sigilosos pasos. Nos agarró suavemente del brazo una mano que nos invitaba a acompañarlos, haciéndonos pasar –al menos a mí- una terrible vergüenza durante el trayecto, quizá nadie se fijó, porque los que nos invitaron a acompañarles iban de incógnito, de paisano, dos hombres y una mujer.

Nos metieron en un cuartucho en el que había una mesa y poca cosa más. Allí, vaciaron nuestros bolsillos haciendo uso de un lenguaje intimidatorio que imitaba al policial. Tras ver lo que llevábamos nos preguntaron cuáles eran nuestros nombres. Yo, dije el nombre de un compañero de clase con la seguridad del que dice la verdad. Mientras intentaban hacernos entender lo feo que estaba robar y, preguntaban a mis dos amigos por sus nombres, me volvieron a preguntar a mí por el mío, a lo que yo respondí, con la misma credibilidad anterior, mi verdadero nombre. Ellos quizá no tuvieron tiempo a detectar mi error, lo que para nosotros era una situación comprometida para ellos debería ser algo irrisorio, unos rotuladores en los bolsillos de unos niños. Tal como pronuncié las letras de mi nombre empecé a reír, a reír solo, porque todo fue muy rápido; mi risa era íntima, personal e indescifrable, escandalosamente expresiva y verdadera. No podía disculparme ni aclarar la situación, porque la risa no me lo permitía. Mis amigos reían a medias porque no creo que llegaran a saber lo que pasaba. Era una cosa mía, era uno de esos momentos en los que yo era traicionado por mi propia estupidez.

Años más tarde, cuando trabajaba en la cristalería bajo las enseñanzas de Enric, mi encargado, viví una situación parecida. Enric me estaba explicando unas técnicas de tallado en el vidrio. Nuestra relación era de maestro/aprendiz y, mientras yo escuchaba atentamente su lección, mirándonos a los ojos, ocurrió que me metí demasiado adentro, miré profundamente hasta llegar a no saber quién coño era el que tenía delante. Esto me pasaba en raras ocasiones, normalmente ocurría en situaciones de cara a cara. Las miraba y acababa preguntándome ¿quién coño es este?

Cuando mi mente me llevaba hacia ese estado, cuando intuía que empezaba a desdibujarse la cara conocida, para dar paso a la extraña, intentaba por todos los medios reconducir la situación, pensar en otra cosa, mirar hacia otro lado o hacer una pregunta que me sacara de ese trance íntimo…Ves a saber. Lo cierto, es que me daba cuenta cuándo iba a eclosionar esa difícil situación y a veces no llegaba a tiempo para atajarla.

Mientras miraba a Enric, este se esfumó dando paso a una cara extraña, con esas gafas que se oscurecían o no dependiendo de la luz, y esos dientes castigados por la nicotina; ya no era el Enric, solo veía como se le movía la boca hacia arriba y hacia abajo, aquellos ojos… Escuchaba esos sonidos que su voz emitía, ya no eran palabras, eran sonidos extraños. Entonces, con todas mis fuerzas intentaba retener la explosión, como intentar detener un estornudo; el comienzo de aquello incontrolable, aquella dolorosa risa que en aquel momento estalló pura, desde lo más hondo de mi ser, poderosa e indomable. Lo más incómodo de esta anécdota es que Enric seguía hablando ajeno a mi risa, ajeno a mis esfuerzos por atajarla. Seguía hablando sobre cómo obtener un buen trabajo en la talla.

32

Al contrario que actualmente, las relaciones estaban muy sometidas a los sentidos, todo se miraba fervientemente, se tocaba, se escuchaba y se olía. El uso de los sentidos, el uso de nuestros cuerpos como motor para todo e ir de aquí para allá...Dependiendo de uno mismo, de participar presencialmente, intercambiando cualquier noticia sin apenas espacio para la comodidad. El preparar las primeras piezas o saber de la próxima Jam únicamente era posible si estabas presente, si te dejabas caer por el parque. Por eso lo recuerdo como algo especial, es muy diferente de cómo funcionamos ahora, treinta años más tarde.

Esas vidas, que auguraban formar parte de una lista de tonos grises, de decimales sin importancia y de anonimato pudieron tomar otro sentido, salirse del molde y crear una nueva vía en la que el graffiti fue como una ola que durante años surfeamos. Escurriéndonos de la mierda que a borbotones escupía el barrio - aunque nosotros ni la oliéramos-, sorteando el formar parte de esos decimales, de ese anonimato.

El graffiti nos reveló cierto sentido de real aventura, algo que no entraba en los planes que daban forma a la condición periférica, la que pretendían convertir en fábrica de mano de obra y drogadictos. Nos proporcionamos la oportunidad de ser privilegiados protagonistas de algo desconocido para el resto, algo que era nuestro y solo nuestro, que les golpeaba en la cara cada día con más fuerza. Como es natural, al tratarse de una dedicación ilegal, desconocida, no entendida y arriesgada en la que nos empeñábamos la mayoría de días, no es extraño que nos arrastrara a vivir situaciones en las que muchas veces no había otro final que el verse obligado a correr perseguido por la policía. Usábamos la carrera como medio para conservar las pinturas, a veces corríamos antes de haber hecho nada, pues era frecuente que, en las rondas policiales llamáramos la atención por el simple hecho de caminar las noches o estar parados en ciertos lugares.

La policía requisaba las pinturas aunque estas no hubieran causado aún ningún daño, lo hacían con total impunidad y nosotros nos resignábamos a ello. A nadie se le ocurriría ir a reclamarlas a la comisaría. Eran los daños colaterales de nuestra dedicación. Correr era el mejor recurso en la mayoría de casos, aunque a veces intuías que esa carrera estaba perdida.

En mi caso, una de mis facetas y a la que recurría cuando no quedaba mejor opción, era tratar de convencer de mi absoluta inocencia ayudándome de algunas de las características que se podían dar en cada caso. Odiábamos a la policía, a los guardias jurados, a la policía, a los regidores del ayuntamiento, a la policía, y nos reíamos demasiado de todo.

Como expliqué, siempre tuve unos rasgos faciales que me alejaban de la sospecha. Mi elección del vestuario se desmarcó, al poco de empezar a pintar, del vestuario utilizado por la mayoría de escritores de graffiti. Era difícil encasillarme por mi aspecto en algún colectivo alternativo, cuidaba de no llevar en la ropa manchas de pintura y mi principal característica era el sosiego con el que podía hablar de forma convincente con la policía.

Mi técnica, era alejarlos desde el principio de cualquier sospecha, con naturalidad y un razonamiento en el que cuidaba y elegía las palabras…Tenía hechas unas tarjetas en las que, si se daba el caso que tuviera que dar explicaciones por llevar pintura, mostraba a los agentes; en estas me anunciaba como artista y decorador. Pero el ingrediente principal era crear un sofisticado argumento, que fuera convincente, y hacerlo en escasos segundos. Aunque todo esto hubiera sido inútil de no contar con una fisonomía poco sospechosa.

He releído el relato, lo he hecho muchas veces ya, y ahora he parado atención en el espacio en el que aparecen trazos sobre mi timidez, y sobre la otra cara en la que me muestro abierto y decidido. Como es normal, y tratándose de mi primer proyecto escrito con un volumen considerable, tendré -y así ya lo he pensado y decidido- que pedir una primera lectura a una serie de personas seleccionadas. En algún momento, aunque sin excederme, he pensado en eso, me he imaginado al Jordi dedicándole su ajustada disponibilidad a leer esta prueba piloto.

Aquí se dicen muchas cosas que son ciertas y otras ficción, se deben al intento de acercarme a una escritura que me sedujera y divirtiera. Soy consciente que tan solo soy lector y que el oficio de escribir es tremendamente complejo, he leído a los buenos, sé qué es tener un hacer prodigioso, estoy al caso de que carezco de esas dotes. Pero, alejémonos de eso por un tiempo, de los grandes, de los que disfrutamos leyendo. Este relato es un asalto al espacio vetado, es un homenaje a la periferia, es un ejercicio para intentar comprender nuestra naturaleza, nuestra diferencia, es un arrojo. Y, es un homenaje desde dentro, no desde la mirada del intelectual sino por alguien que brotó de ella, con sus carencias, con su tosquedad. Que no nos describan desde la condescendencia, sino desde lo hecho, desde los actos que hemos llevado a cabo, desde la humildad y la cotidianidad. Desde lo vulgar.

En nuestra calle había pequeños negocios, justo el local comercial bajo el edificio donde vivía era una Churrería. Los propietarios eran un poco peculiares, un matrimonio que rondarían los cincuenta años o más. No hacían bien los churros, pero su negocio, aparte de churros ofrecía golosinas, helados, petardos (cuando se acercaba Sant Joan), patatas fritas y bebidas varias. Yo pasé muchas horas en esa Churrería o eso me parece, esas horas generosas de la infancia, quizá me parezcan más de las que en realidad fueron. Recuerdo los *Palodú*, les llamábamos así, sin pronunciar la Z, se trataba de esas raíces que se chupaban, afilando previamente con la navaja la punta. Me encantaba el Paloduz...Estaba convencido de que lo decíamos mal, que seguramente en nuestro barrio le dábamos un nombre que no sería el correcto, pero ahora, revisando si estaba bien dicho he descubierto que sí, que lo decíamos más o menos bien, *Palodú*.

También se consolidaba mi inclinación por las relaciones platónicas llenas de detalles en las que no tenía que intervenir. Las jodidas relaciones que solo sucedían en mi cabeza, tan elaboradas que parecían llegar a su destino y manifestarse a través de gestos, miradas...La cuestión es que, algunas de aquellas elegidas me correspondió con un interés real, que incluso me llegaba a los oídos y me ponía en un terrible aprieto. Mi relación platónica descubierta se veía expuesta a la pifia, a mi más que segura metedura de pata, lo que me llevaba a esquivarla.

El ser correspondido, descubrir que aquel interés era mutuo, convertía todo aquello en una situación incómoda, traicionado por el rubor que daba pie a mi típica actitud huidiza. La chica, se cansaba de aquella incomprensible postura, redirigiendo rápidamente sus inquietudes y deseos que sin espera eran correspondidos por otro. Lo siguiente, era ver ante mis narices como se consumaba el hecho en forma de besos y tocamientos entre ellos. Siempre me odié en secreto por eso. Bombardeaba tanto las calles para enamorar a esas platónicas chicas que caían rendidas tras ver por todos los rincones mi firma, ese era el argumento de mi fantasía. Eso alimentó en secreto mi obsesión, no se trataba de graffiti.

33

Íbamos con abrigos, por lo que debía ser invierno u otoño, una noche en la que de forma excepcional nos habíamos citado un numeroso grupo para bombardear las calles durante horas. Nos pusimos en marcha, apenas habíamos dado inicio a la noche cuando nos paramos frente a los muros de una escuela próxima que se encontraba junto a las vías del tren. Estos muros, sufrieron nuestros repetidos antojos y acometidas de firmas y contornos. Nos colamos en el patio de la escuela para dejar alguna marca cuando, de repente, apareció la policía. La carrera escaleras abajo hacia las calles inferiores fue instintiva y bulliciosa, por suerte salimos con ventaja y no fue un problema despistarlos. Ya alejados del peligro y comentando con garbo los detalles de la fuga, uno de los nuestros, Juan, nos informa de que ha tenido que abandonar los sprays debido a las prisas. Se trataba de una locura volver para intentar recuperarlos, pero así lo hicimos y, ante la falta de voluntarios, yo le acompañé.

Volvimos sobre nuestros pasos, subimos las largas escaleras que salvaban el desnivel que había entre las calles que separan el barrio de la Florida del de Sant Josep. Ya en el lugar, y para sorpresa nuestra, unos policías salieron de la oscuridad para tratar de cogernos. Yo me había quedado unos metros atrás, junto a unos bancos de madera a las puertas de la escuela, mientras Juan, se disponía a recuperar sus pinturas que, se suponía, estaban en el patio del colegio. Esos tres metros de distancia que nos separaban fueron vitales, él salió corriendo como un gato, y yo, viendo que esa carrera si la empezaba la perdía, reaccioné sentándome en el banco con total normalidad.

Uno de los agentes corrió siguiendo a Juan mientras otro se encargaba de mí. Al instante empezó mi papel, cosa que facilitó el quedarme con el policía más tranquilo de los dos, con el que pude comenzar a trazar y reconducir lo que había sucedido hacia mi improvisada narración.

Yo "estaba esperando a un compañero de trabajo" para ir a tomar algo por los bares del centro, situados unas calles más abajo. Como era previsible y siendo la reacción más común de un policía, se negaba a creer nada de eso, ni tan solo quería escuchar mi versión que pedía paso. Llegaron más patrullas, llegó el *runner* que sin éxito había perseguido a Juan. Y allí, en medio de esa representación nocturna iluminada por los azules de las sirenas, mi historia iba a ganar.

El más incrédulo era el policía velocista que, recuperando el aliento, mantenía que me había visto hablar con el fugado, cosa que no negué y utilicé ese argumento a mi favor. Les expliqué que sí, que habló conmigo, que mientras yo subía las escaleras me pidió un cigarrillo, y que al yo negarme insistió en un tono agresivo -asumiendo yo un papel dócil y otorgando a mi amigo el de un macarra, que era lo esperado de un escritor de graffiti- aunque acabó por dejarme en paz.

Respecto a las dudas que les creaba mi argumento de haber quedado allí con un compañero de trabajo, mi respuesta fue que, el puente que cruzaba la vía era un lugar significativo que mi compañero de trabajo conocía y que no estaba lejos de la zona de bares a la que iríamos. Yo iba más o menos bien vestido y no hice ningún intento de empezar a correr, las dudas iban avanzando a mi favor argumentadas por los detalles que la decoraban, el tener un trabajo, mi buena actitud... Con la linterna enfocaron mi ropa en busca de las manchas de pintura que no encontraron. El que estaba al mando curiosamente fue el más confiado, el que acabó fiándose de mi historia y mi aspecto. Minutos más tarde se fueron sin mí y sin el fugado. Me reencontré con el resto para asombro de ellos, que hacían un esfuerzo para entender que estuviera allí en lugar de detenido, sobretodo Juan, que aún tenía muy presente la persecución. Pero esta no fue la única vez que usé estos métodos, tuve que recurrir a ellos en varias ocasiones. Los numerosos años pintando ilegalmente dan para muchos encuentros con la policía.

Éramos cuatro, no estoy del todo seguro, pero me parece que esa noche éramos cuatro. Teníamos intención de hacer una rápida entrada a las cocheras de Hospitalet para hacernos unas piezas en unos minutos, ya habíamos perfeccionado nuestros métodos y los días laborables eran adecuados para hacerse una pieza rápida en uno de los trenes que descansaban bajo el puente de la estación. Esperábamos en un parque cercano la hora propicia, como tantas otras noches, compartiendo unos *petas* y charlando sentados en un banco. Raúl, conducido por ese instinto propio de barrio, siguió con la mirada a un hombre que había pasado por nuestro lado y que le inspiró alguna sospecha, porque sin decirnos nada le siguió observando periféricamente mientras fumaba y charlaba.

Ya había un buen trecho entre aquel hombre y nosotros y, tras cruzar el puente que se elevaba por encima de la estación, el hombre seguía su camino y Raúl le observaba atento. Como si lo esperara, apareció frente a él, de aquel sujeto, del *hijopputa*, un coche de la policía nacional. El tipo esperaba que el semáforo se pusiera en verde para cruzar pero cuando tuvo el coche patrulla a unos pasos se acercó a la ventanilla.

Raúl, ya no miraba relajado lo que ocurría, de puntillas, como una Suricata de la sabana, buscando librar los obstáculos que le impedían una mejor visión, nos iba narrando a la vez que reclamaba que nuestra relajada actitud se pusiera alerta. Con gestos, el *hijopputa*, señalaba hacia donde nos encontrábamos y, acercándose a la ventanilla, confabulaba sobre lo que aún no había ocurrido. ¿Qué no le gustaría a aquel *hijopputa*? Porque el pensar que íbamos a pintar un tren es imposible. Dicen que todos llevamos un policía dentro, este llevaba una patrulla, pretenciosa y con ganas de protagonismo.

Lo que fuera que les dijo tuvo el efecto que buscaba. Los policías, curiosos por naturaleza, se dirigieron hacia donde estábamos; tenían que dar una vuelta generosa para llegar en coche al parque donde nos encontrábamos, teniendo que sortear las vías del tren por un subterráneo que había unas calles más adelante. Nosotros, empezamos a correr hacia la parte alta del barrio de Can Serra aprovechando esa generosa ventaja. El barrio de Can Serra, de edificios altos construidos sobre lo que sería una colina, ofrecía un terreno empinado de subidas o bajadas pronunciadas según se tomen. Habíamos hecho buena parte de la subida y caminábamos en plano, alejados del lugar donde comenzó todo. Apenas había nadie por la calle, era un día laborable por la noche, no muy tarde; avanzábamos dirección a nuestro barrio cuando oímos el característico sonido del coche de policía de aquella época, el ruido de los frenos que le traicionaba anunciando su proximidad. Escuchamos los frenos, y el jjggjhhjjjij de la radio, los teníamos a pocos pasos, nos giramos y vimos que eran ellos. Nos lanzamos de nuevo a correr por las calles interiores de los edificios. Cada dos grandes bloques había una calle peatonal con escaleras que ayudaban al caminante en la pronunciada pendiente, bajamos esas escaleras sin apenas tocar los escalones, como locos, desafiando la física de los propios escalones y su razón de ser, convencidos e impulsados porque ellos, con el coche, no podían perseguirnos por esos atajos, aunque a medida que pasaban los minutos más se debilitaba esa idea.

Habíamos bajado unas cuantas calles a velocidad temeraria, no había rastro de los policías, tampoco de gente que viera nuestras fatigadas caras y nuestras miradas inquietas. Caminábamos con cautela, avanzando hacia nuestro barrio, cuando de nuevo, el sonido de los dichosos frenos y el jjggjhhjjjij de la radio nos llegó por encima del hombro. Los teníamos encima, igual que si tuviésemos un jodido localizador, como si fuéramos dejando un rastro mientras corríamos, como ese odiado ritmo del guion de una película en la que dices: ¡Venga, va!

Se conocían bien el barrio, nosotros partíamos con desventaja en Can Serra, no se trataba de un barrio como lo era el nuestro. Sus edificios grandes y su dibujo más o menos simétrico –a pesar de estar situada encima de una loma-, hacía que fuera más difícil despistarlos. Era menos laberíntico que nuestro barrio y, aquellos policías, sin tener que reclamar ayuda de otra patrulla nos localizaban una vez tras otra. Ya exhaustos, agotados mental y físicamente llegamos a una especie de feo descampado que conocíamos muy bien. Era un lugar desde donde solíamos mirar el tránsito de trenes que llegaba a la estación de Hospitalet.

Con la tensión al límite y con el oído atento a cualquier señal de nuestros perseguidores, esperamos. Fue insoportable volver a escuchar el maldito sonido del coche patrulla, nos ocultamos en un rincón donde la vegetación era más alta. Sentimos los pasos que se acercaban y el dichoso ruido de la radio alta y claro, los teníamos encima y mantenerse en ese absurdo escondite era inútil. Venían provistos de linternas y, cuando apenas nos separaban unos metros, Raúl echó a correr y los demás hicimos lo mismo.

Cada cual eligió una dirección en medio de la oscuridad, la policía dio un alto a voces que ninguno obedeció y, que en mi caso, lo provocó un poste de la luz caído que no vi y que me derrumbó en el suelo, a duras penas me pude levantar, intenté agacharme buscando inútilmente una invisibilidad imposible. El alto del policía era cercano y claro y al levantar la mirada hacia él observé que me apuntaba con el arma. Nunca me habían apuntado con una pistola, imagino que no pasé miedo por la adrenalina que me recorría el cuerpo. No pensé en ningún momento en la pistola como una amenaza, lo que temía era ser capturado.

Tenía dudas en relatar el final de esta persecución, de hecho, ya lo había escrito y se ha perdido en alguna de esas sesiones cerradas sin guardar cambios. Al releer el relato y comprobar que la historia había quedado sin el final ya me parecía bien. Contradiciéndome, he optado por narrar lo que ocurrió cuando, dolorido por el encontronazo con el poste caído y el susto de la persecución llega el desenlace final, en el que me atrapan y me introducen en el coche patrulla.

Aquí sí que me asusté, me dejaron encerrado en el coche mientras la pareja de policías buscaban y encontraban nuestras mochilas. Las abrieron, descubriendo en el interior los botes de spray, se trataba de cuatro o cinco mochilas, una por cada uno de nosotros. Desde dentro del coche, yo les pedía, les suplicaba que me dejaran inventar mi historia, la que me libraría de ese desagradable episodio. Les insistía en que permitieran que me explicara, porque lo que escuchaba desde el interior del coche no sonaba bien.

Pensaban que habíamos robado en una tienda los sprays. Y, en ese momento, en el que uno de ellos me hizo una especie de pregunta que no esperaba respuesta, me pude colar para rogarles que me escucharan. Me instaron a callar, añadiendo que ya lo explicaría en comisaría, pero hubo un pequeño espacio, un breve silencio en el que me colé y pude conseguir decir una frase. Mi primer paso fue, argumentar y sacarles de la idea que ese material había sido robado invitándoles a observar los sprays y que comprobaran que estaban comenzados o a medias. Eso me ofreció la oportunidad de ser escuchado y comenzar el relato, desplegar la sarta de mentiras que ya se había cocinado en mi cabeza, las que tenían que exculparme.

Habíamos participado en una exhibición en Montgat –así comenzaba mi invención, aunque basada en una realidad que había ocurrido días atrás-, en un evento organizado por el ayuntamiento en el que fuimos invitados…La pintura había sido gentileza del ayuntamiento de Montgat, mostré una tarjeta que llevaba siempre encima para situaciones que lo precisaran, en la que me anunciaba como artista y decorador.

<< ¿Ibais corriendo como locos por nada?>>, dijo el policía. <<Es que siempre ocurre lo mismo –dije excusándome-, que la policía nos requisa las pinturas, y pensamos, que si nos daban caza perderíamos los botes que habíamos conseguido participando en la muestra de Mongat. Empezamos a correr por miedo a perder la pintura y ya no pudimos echarnos atrás. >> << ¡Os podíais haber matado corriendo de esa manera!>>

Ya fuera del coche, acabando de cuadrar todo aquello con los policías llegaría el momento en que tomarían su decisión.

Me devolvieron las cuatro mochilas, con todos sus sprays dentro, junto a la recomendación de que no corriéramos así por defender unos sprays, que por la forma de huir, ellos habían pensado lo peor. Eran policías nacionales, no guardias urbanos, ni los actuales Mossos. Y lo cierto es que ellos eran quienes decidían sobre qué era o no era motivo de detención. Decidieron dejarme ir, quizá se creyeron el relato o quizá no, pero lo que está claro es que yo no era lo que iban persiguiendo y eso lo supieron entender y decidir en consecuencia.

Me dejaron ir sin más, sin multa, con mi mochila y la de mis amigos que escaparon. De vuelta al barrio, cargado con las mochilas y el cuerpo magullado por los zarzales y el trompazo con el poste de la luz que me noqueó. Llegué al parque y allí estaban los demás fugados, también con arañazos y marcas de la huida. Al verme llegar con las mochilas no se lo podían creer. Les expliqué la historia y comentamos el desenlace y las situaciones vividas por ellos en su fuga…Cuando ya nos retirábamos cada uno a su casa, me di cuenta que había perdido las llaves, seguro que cayeron en la colisión con el tronco. Después de haber superado la aventura de la noche fue un castigo excesivo el tener que lidiar a esas horas de la noche con mi madre…Al final obtuve el valor necesario para llamar al timbre de casa de mis padres para pedir las llaves del sótano.

Al día siguiente volví al lugar acompañado por Salva y, mientras recordaba y le explicaba los detalles vimos el tronco caído con el que choqué, allí se encontraba mi gorra; había quedado en la posición producida por la voltereta que dio mi cuerpo, y entre las hierbas pude recuperar las llaves.

<<Para el argentino, la amistad es una pasión y la policía una mafia. >>
Jorge Luis Borges.

34

La policía, en aquel entonces, no estaba preparada para combatir ni contener el graffiti. Desconocían nuestros métodos y propósitos y, si obvias el por qué y el cómo, vas completamente a ciegas. Cuando nos perseguían, era por creer que estábamos haciendo algo más grave, delitos para los que sí habían sido instruidos. Hospitalet, ofrecía cada día a estos uniformados y armados funcionarios, episodios con los ingredientes propios de las periferias noventeras, el graffiti no entraba aún en su lista de problemas serios.

Tras los diversos abandonos prematuros, los cambios de intereses de unos y otros y demás motivos que me niego a intentar recordar, nuestro núcleo de escritores fue adoptando otra forma. Ya hacía un tiempo que nos habíamos trasladado a un parque que acababan de inaugurar, una zona amplia de suelos lisos y bancos de madera, combinados con otros de hormigón distribuidos por el espacio. Era una zona construida sobre un gran aparcamiento subterráneo. Había un espacio que servía de pista de fútbol sala y también unas canastas; al fondo, los restos de una antigua *bóbila* que aún conservaba su chimenea de ladrillo visto.

El parque no lo embellecía ningún árbol pero un tablero gigante de ajedrez lucía en el suelo, detalle que nos pasó desapercibido durante un buen tiempo, quedando al descubierto nuestras escasas artes. A veces, pienso en lo ignorantes que éramos, podría escribirlo en singular sin titubear porque de mi caso estoy segurísimo, de lo ignorante que era. Por nada en concreto, por muchas de las cosas que aquí se han escrito, muchas que he olvidado o que me es imposible descifrar. De lo que sí estoy seguro, es que nos rodeaba todo lo necesario para que hubiera ido mucho peor.

Creo que sería necesario describir el parque. Lo que nosotros llamábamos parque englobaba un todo, el espacio físico de aquel solar de hormigón y cemento con algunos bancos -que a la vez era el techo de un parking, de los primeros parkings subterráneos que había en nuestro barrio- y el concepto que daba forma al hecho de estar y convivir un sinfín de horas, incluso detestando en ocasiones lo que ocurría en aquellas horas de esos innumerables días. Un feo sitio, aunque nuevo, con espléndidas vistas a las vías.

He dicho antes lo del ajedrez del suelo, aquel que nos pasó inadvertido durante un tiempo...Si hubiéramos sabido jugar al ajedrez no hubiéramos ignorado la presencia de aquel inmenso tablero del suelo y posiblemente esas horas hubieran tenido algún ingrediente más exquisito. Dos bares cercanos, cuyos clientes se irían incorporando a nuestro rutinario hacer; provocando que el parque fuera convirtiéndose en una especie de aldea, que la R.A.E define como: *pueblo de escaso vecindario y, por lo común, sin jurisdicción propia.*

Pero, así como las aldeas son comunes en los entornos rurales y despoblados, la nuestra estaba en el interior de aquel bullicio de barrio y, lo que sí tenía, era jurisdicción propia. El parque era un todo, sí, otra vez me repito, era como se define una póliza de seguros: el continente y el contenido. El continente era bastante precario, en la línea de su entorno, aunque estéticamente correcto para nuestra actividad. El contenido era donde se desarrollaron las historias, las relaciones, los sucesos, las elecciones que llevarían a cada una de aquellas personas a un destino que, en muchos casos, iba acompañado de noticias desesperanzadoras.

35

Esta nueva localización a la que llamábamos parque, se encontraba a dos calles del anterior y, tal como he dicho, también paralelo a las vías. La calle que ocupaba su tramo urbanizado más próximo era la calle Granada. Esta daba nombre a uno de los dos bares que había en esa reducida calle, el otro era el bar Coroto. Escogimos el bar Granada como sede, porque en el Coroto no cabíamos. Allí se concentraba un variado tipo de cliente, el hombre ya jubilado que alternaba la barra con la partida de cartas, el golfo medio-reintegrado que nos sacaba unos diez años y que mostraba evidentes señales de su recorrido en el rostro y en su manera de expresarse, y algunos otros personajes inclasificables…A esta variada clientela nos unimos nosotros.

En ese espacio -un tanto desolador- se apreciaban algunas enseñanzas, algunos buenos consejos y, sobretodo, direcciones que intuías mejor no tomar. Nuestro grupo era diverso, escritores de graffiti a los que se sumaban conocidos de uno y otro que poco a poco se fueron haciendo asiduos. De alguna manera, aquella "aldea" despertaba cierto atractivo. Amigos y conocidos pasaban por allí, especialmente los viernes y fin de semana, llegándonos a juntar fácilmente alrededor de treinta individuos, cosa que despertaba la curiosidad policial.

Éramos jóvenes de barrio, apenas dieciocho años cumplidos en ese momento. La mayoría de nosotros combinaba una cierta chulería con unas intenciones y actos que estaban por debajo de lo que la gente del barrio consideraba como golfería peligrosa. Pintábamos y ensuciábamos sus paredes, vestíamos y hablábamos una jerga que ellos no acababan de entender, pero estábamos lejos de ser aquello que los vecinos entendían como delincuentes. Ninguno de los que compartían espacio en ese bar conocía nuestros verdaderos nombres, nos conocían por nuestro pseudónimo. De hecho, en ese contexto, ni nosotros mismos respondíamos ante el nombre que nos pusieron nuestras madres; sonaban extraños cuando la policía los nombraba al devolvernos el DNI en alguno de sus frecuentes parones.

En el bar Granada compartimos momentos memorables con personajes dispares. Cada uno con su peculiaridad que, nuestro sentido del humor, en ocasiones malvado, se encargaba de parodiar. Algunos de aquellos habían sido peligrosos, otros habían quedado en una situación preocupante. Se daba el caso que hasta cuatro de los asiduos tenían problemas mentales serios con numerosas entradas en el psiquiátrico de Sant Boi. Lamentablemente, hubo veces que nos vimos frente a situaciones muy bizarras de las que nosotros disfrutábamos como público, en una muestra más de nuestra inmadurez y perversa mentalidad. Reírnos y utilizar a aquellos "locos" para nuestros fines fue algo feo que no supimos atajar. Aunque se combinaba con una relación en la que también les ofrecíamos nuestra mejor versión, invitándoles a alguna copa o accediendo a sus constantes demandas de cigarrillos, o simplemente escuchando sus relatos. El parque y sus alrededores quedaron rápidamente teñido de firmas y piezas. De ahí, partíamos las noches de los fines de semana a nuestra particular ruta de bombardeo, ya éramos más eficientes y rápidos, nuestros objetivos más ambiciosos y en cualquier lugar nos marcábamos una pieza desenvuelta.

Comenzó nuestro interés por los trenes, me incorporé a una misión -así las llamábamos- que tuvo lugar en la población de Vic. Allí, envuelto por las primeras nieblas de la capital de Osona, hice mi primer tren más o menos elaborado, lo anterior habían sido algunos contornos rápidos sin más importancia. Hice una pieza y fui de los pocos que pudo acabarla; primero nos apareció un extraño individuo a pie de tren que nos hizo empezar a correr, pero Dany se encargó de preguntarle -en su tono particular- si aquello le molestaba, un tono que retaba al intruso y le invitaba a marcharse. Descartado este como amenaza seguimos con lo nuestro, pero a los pocos minutos sí que aparecieron los guardias de seguridad que provocaron, ahora sí, nuestra fuga. Dormimos como pudimos en un descampado que en la oscura noche parecía apto, pero que a la luz del día no era otra cosa que un vertedero de runa.

Al día siguiente, había que pasar unas horas en la cochera de Hospitalet para poder fotografiar el tren, un sacrificio que costaba llevar a cabo por el cansancio acumulado de apenas dormir. Esa noche, tras la ejecución de aquel tren, se me comunicó la noticia de que me invitaban a formar parte de 507.

36

Lleva muchos años en una especie de camino en el que han ido advirtiéndose continuos cambios en él, en su forma de hacer, en sus intereses. Ahora mismo, es difícil descifrar cómo se encuentra, solo algunas conversaciones por audio en Telegram han ido ofreciéndome algunos detalles de este momento tan extraño que estamos viviendo. He tenido curiosidad por ver cómo llevaba esta situación. Y sí, hemos hablado de todo esto que vemos a través de las noticias, a través de los balcones y terrazas…Pero también de cómo va el relato que le tiene ocupado desde hace un tiempo, del que hemos estado hablando estos últimos meses y del que me ha tocado responder o aclarar dudas. Parece que mi memoria tiene más apego a aquellos momentos que la suya.

Por eso, una vez aclarados los posibles efectos de la terrible actualidad, de conocer el estado de salud de cada uno y nuestro entorno, le he preguntado. He preguntado que qué tal el relato, sé que no le gusta que se le llame libro, en todas las conversaciones se refiere a él como relato o texto. Leí un brevísimo fragmento que me envió, deduzco que me lo envió para que se activaran en mí algunas teclas, teclas que él necesitaba que se pusieran de alguna manera al servicio de lo que andaba haciendo. Lo cierto es que, después de leer aquel breve fragmento me vi buscando en el trastero fotos antiguas, las mismas que desde hacía meses él me pedía sin éxito que consultara y le enviara para refrescar su memoria. Le dejaba audios donde le explicaba anécdotas y situaciones que recordaba. Debatíamos algunos de ellos con la versión que recordaba cada uno, que acababa dando forma a la versión completa.

Tengo ganas de leerlo, de recorrer a través de sus palabras, de su visión y descripción de las cosas, aquella porción de vida que vivimos. Tras un distanciamiento bastante pronunciado en el que apenas tuvimos contacto durante años, desde hace unos pocos y, aprovechando las ventajas de la tecnología, hemos retomado cierta relación. Aún no nos hemos visto en persona, desde aquellos ya lejanos años, pero hemos hablado ratos con fluidez, hemos ido dotando a la relación de soltura para que se desenvuelva ágil y alegre.

Hay muchos aspectos de él que no acabo de descifrar, que intuyo que se reserva, me da la sensación de que se desliza con una cautela que abarca la mayoría de temas serios. Siempre fue muy abierto en aquellos años en los que empezamos a ir juntos, hablábamos mucho, pero también había una parte hermética y que no mostraba. Protegía un espacio de su personalidad que no deseaba compartir, no sé, era una sensación extraña. Sensaciones que, por otro lado, él sabía camuflar bien. Por eso tengo ganas de leer ese relato, imagino que en la escritura le habrá sido más difícil retener aquello que mantenía a salvo en su interior más recóndito. Estoy convencido de que el propio ejercicio de escribir le habrá impulsado a ofrecer estados antes vetados para los demás, sacando a la superficie interioridades.

37

Es sorprendente la forma en que el destino y sus ingredientes se relacionan con aquello con lo que anda uno intrigado. En ocasiones iba a visitar a Lorenzo, solía hacerlo cada dos o tres meses, normalmente las visitas tenían lugar un jueves. Aquel local donde se alojaba de unos 40m2, sin más aparente ventilación que la que entraba cuando se abría la puerta, estaba atiborrado de un sinnúmero de cachivaches. Vivía con tres gatos, la primera vez que escuché diciéndole por su nombre a uno de ellos tuve que preguntarle el de los otros dos. Aquel primero, al que le faltaba un ojo y apenas nunca lo vi moverse se llamaba Virgilio, otro más joven y que se mantenía normalmente por lo alto de los objetos varios acumulados se llamaba Sócrates, y la hembra –según Lorenzo era la que mandaba- se llamaba Simone de Beauvoir, aunque la llamaba Simone.

Conocí a Lorenzo de pura casualidad un día que llovía a cantaros y yo esperaba a que amainara bajo un balcón que apenas me tapaba; él pasó por mi lado cubierto con un chubasquero que le iba enorme y arrastrando un carro metálico que tapaba con varias bolsas de plástico. Al verme se paró y me dijo que si lo deseaba me vendía un paraguas por 50 céntimos. Le dije que no era necesario, que ya esperaba un poco a que aflojara, pero cambié de opinión y acepté su oferta. Me invitó a que le siguiera y, unos metros más allá, se detuvo frente a la puerta de aquel local. Abrió un candado que fijaba una cadena y que daba a una oscura estancia, le seguí porque así me indicó y al entrar en aquel local un fuerte olor me paralizó, era un olor extraño, un tufo añejo que decidí pasar por alto.

Encendió un par de linternas y se quitó el chubasquero, aparcó el carro a un lado y empezó a buscar el paraguas, al momento regresó con dos, y me dio a elegir. Me quedé con el más grande, dos de las varillas estaban fuera de sitio pero era suficientemente grande como para seguir tapando un cuerpo, al menos hasta llegar al coche.

Le ofrecí un euro por el paraguas pero él no aceptó, y como no disponía del importe exacto me dijo que mirara si alguna cosa me interesaba. << ¿Qué me va a interesar de este cementerio de trastos?>>, pensé, pero parecía que esa sería la única forma de acabar con aquella visita y salir a respirar aire fresco. Lorenzo - que se había enfundado una gorra marinera- se preparó un té, me ofreció una taza a la que le faltaba el asa acompañada de la frase: <<En una situación como esta a una visita se le ha de ofrecer una bebida caliente. >> Me fue imposible no aceptarlo, sus ojos me escrutaban con una inteligencia que en ese instante me fue revelada y que enlacé con los nombres de los gatos que me había dicho nada más entrar. Decidí darle un sorbo a la taza de té que me calentaba las manos, estaba delicioso, notaba la mirada de Lorenzo como si descifrara mis pensamientos, mis temores.

Me dispuse a echar un vistazo entre aquel montón de cosas que alumbraba con la linterna que me tendió. Había desde los objetos más inverosímiles a otros que ni siquiera entendía el motivo de por qué se acumulaban allí, no tenía sentido ni la labor de haberlos traído y mucho menos la de haberlos agrupado. Aunque fui observando que existía cierto orden, un orden que no acababa de entender pero que parecía cobrar sentido a medida que fijaba mi atención de un lugar a otro. Le di las gracias por el té y ya me disponía a estrenar paraguas cuando vi una sección donde había papeles, no libros sino papeles escritos. Levanté la mirada buscando a Lorenzo, que bajo la visera de la gorra me miraba, dos pequeñas luces brillaban en esos ojos bajo la sombra de la gorra como si esperara el momento que ocurriese lo que él sabía que iba a ocurrir.

Normalmente, en una situación como esta, hubiera comenzado a hacer toda una serie de preguntas, pero en lugar de hacérselas a Lorenzo me las hacía a mí mismo.

Cogí unos cuántos de esos papeles y comencé a leerlos; algunos contenían listas de la compra, habían otros que parecían los típicos mensajes que uno deja apuntado en un *Pos-it* en casa o la oficina, el que sostenía en mi mano estaba escrito en catalán y decía: *Bon dia carinyo, he deixat diners al calaix, si pots treu del congelador algo de carn. Ah, falta aigua, per si pots parar a comprar. T'estimo! Petons!* También había cartas, revistas...Captó mi atención una carpeta gruesa, de esas que tienen forma de caja sólida, con unas gomas que, en este caso, estaban rotas. Mi interés por aquella carpeta se inició porque el enunciado que había estaba escrito con un rotulador tipo Posca sin duda, y la caligrafía tenía un estilo sencillo pero fluido que pertenecía a alguien que había hecho graffiti.

Ahora sí le pregunté: << ¿puedo?>>. Me contestó con un leve movimiento de cabeza, la escasa luz apenas me ofrecía detalles pero juraría que una sonrisa se dibujaba en su rostro. Rompió su silencio para decirme que mientras yo miraba él iba a echar un vistazo al huerto, tardé unos segundos en reaccionar porque ya estaba abriendo la carpeta, y cuando fui consciente de la frase y su significado Lorenzo ya se dirigía al final del oscuro local y luchaba para abrir una puerta.

Por un lado tenía esa carpeta que tanto me intrigaba y por otro ese misterioso hombre que tan pancho me había dicho que se iba al huerto. Mientras decidía hacia dónde debía yo ir, si seguirle a ver si lo que él llamaba huerto era tal cosa o si quedarme a descubrir el contenido de la carpeta, mis ojos ayudados por la linterna descubrieron una serie de dibujos y escritos.

El contenido de la carpeta era un poco voluminoso y las fechas pertenecían a finales de los 80 y principios de los 90; el autor era uno de aquellos solitarios personajes que se dedicaba a firmar intensamente por las calles, lo llamaré Tudor.

Había esbozos fotocopiados de fanzines que definían el estilo de aquel momento, se trataba de bocetos de populares escritores de graffiti a los que yo recordaba perfectamente. Iba pasando las hojas y encontré unas cartas escritas a mano acompañadas de símbolos y pequeños dibujos. Tudor, cuyo aka en el mundillo contaba con solo tres letras, fue un bombardero muy activo en aquellos años, aunque digamos que no era el perfil clásico del graffitero. Realmente se trataba de un enigma, un misterio que nadie parecía haber descifrado. Yo le recuerdo muy bien; me refiero a que recuerdo muy bien su obsesivo bombardeo y tener en mis manos una carpeta que le perteneció me parecía algo asombroso. Siempre me intrigó este joven bombardero de calles al que nadie parecía conocer, su *tag* tampoco intentaba buscar un estilo salvaje, al contrario, parecía perseguir un estilo gráfico de imprenta en el que cada firma era exactamente igual, sencilla y de ángulos rectos. Algunos consideraban que fue quien llegó a tener estampada su firma en más sitios, más que cualquier otro, y muchos eran los que manifestaban una enorme curiosidad por saber a quién pertenecían.

Escuché un ruido al fondo del local, por un momento había olvidado a Lorenzo, decidí dejar la carpeta haciendo ver que ya había elegido para ver qué estaba haciendo Lorenzo y comprobar a qué se refería con el huerto. Cuando llegué a la vieja puerta y la abrí me llegó el aire fresco y húmedo del exterior, ya había dejado de llover. Vi a Lorenzo con una cesta con varias verduras en el interior; realmente así era, tenía un huerto y muy bien trabajado. El local, a través de esa puerta, daba a un patio interior rodeado de varios edificios semiderruidos que dejaban entrar el suficiente sol como para cultivar verduras y hortalizas.

Tenía varios bancales con lechugas, cebollas, algunas espinacas y dos hermosas plantas de alcachofas; también tenía plantas aromáticas y un limonero. Me quedé asombrado y le felicité por el huerto. Me dijo, que ya tenía preparado -en una especie de invernadero que me señaló-, los semilleros con tomateras, pimientos, calabacín...Me ofreció unas cebollas que introdujo en una bolsa que me tendió. Le di las gracias y le comuniqué que ya había elegido aquella carpeta. Él me dijo que ya lo sabía, que entonces quedaba el trato hecho y se negó a aceptar algo más por la carpeta y las cebollas. Le pregunté si podría visitarle alguna otra vez; <<siempre ando por aquí>>, me dijo, <<solo salgo por las mañanas hasta un rato antes de la comida, si no los gatos extrañan. >>

Con mi paraguas, las cebollas y la carpeta me fui hasta donde tenía aparcado el coche, unas pocas calles más allá; el paraguas ya no era necesario, no llovía, pero pensé que lo más correcto era quedárselo. Lie un cigarrillo en el coche y volví a ojear el contenido de la carpeta. Encontré una pequeña libretita, se trataba de una especie de diario que empecé a leer.

<<Ayer recorrí los barrios de Sants, Hostafrancs, Bordeta y Zona franca. Estrené el nuevo rotulador que me he fabricado, tiene una punta hecha de borrador de pizarra de 6cm, aunque el depósito para la tinta es relativamente pequeño y puedo escribir unos veinte tags aproximadamente. Por eso decidí llevar también mis otros rotuladores. Aún me duelen las piernas de caminar tanto, desde las 11 de la noche hasta las 5 de la mañana. He llegado a casa, me he quitado la ropa y la he doblado, me he duchado y he preparado un vaso de leche con cacao, después me he ido a la cama. No sé cuándo volveré a pasear por esos barrios que he caminado esta pasada noche, por eso elijo esos soportes, prefiero emplear tiempo en localizarlos y dejar mi tag en un soporte duradero. Por ese motivo me encuentro tags que hice meses atrás; los soportes son muy importantes, lo aprendí de Tomás, aunque no lo conozco ni él me conoce a mí, realmente no me conoce nadie que se dedique a esta práctica de firmar por las calles. Decidí no mezclarme con ningún otro aunque a veces me venían ganas de decir: ese soy yo. No sé porque me dedico con tanto esmero a esta actividad, supongo que para demostrarme que soy capaz de hacerlo. También me seduce el hecho de burlar a la policía durante mis rondas nocturnas e ir encontrándome mis marcas allá por donde voy. >>

Entre los diversos documentos que se encontraban en la carpeta pude ver algunos que me revelaron parte del recorrido de Tudor. Había ejercicios de diseño y otros documentos que evidenciaban los progresos; las fechas ya pertenecían a mediados de los 90. Tudor cursó estudios en la Llotja, pude observar rápidamente algunos de los trabajos que tenían que ver con esa etapa, también ejercicios de dibujo al natural con signos evidentes de ser iniciáticos. Aunque observando las fechas se podía ver, con algunos saltos en el tiempo, la mejora de sus resultados. Al seguir con el diario observé con asombro un texto.

<<A partir de mañana dejo de ser M, he pensado en representar mi presencia en las calles con una imagen, creo que con una parte del cuerpo, concretamente con la protagonista de mis acciones, mi mano. Nadie sabe qué aspecto tenía el autor de la firma M, por lo tanto, aparezco de la nada, he de cuidar hasta el último detalle para que no se asocie uno con otro. >>

Levanté la mirada de la carpeta, el ruido del tráfico de Barcelona me envolvía mientras estaba sumido en la observación de aquellos documentos. No entendía cómo Tudor se pudo convertir en el misterioso autor que, con la representación de una mano, volvió a teñir los espacios habidos y por haber. ¿Alguien sabía de esta metamorfosis? No, nadie la conocía, tal como seguía en el diario lo iba a mantener en secreto y aún más, dejaba escrito que lo haría exactamente durante 5 años y después se dedicaría a fotografiar interiores abandonados. ¿Cómo puede uno planificar así su actividad? Seguía pasando páginas del contenido de aquel archivo que se dividía en subcarpetas, en una de ellas habían dibujos de esas manos tan célebres que muchos vimos repartidas por la ciudad; encontré un par de estas subcarpetas que contenían estudios técnicos sobre Renfe y Metro de Barcelona con planos y franjas horarias apuntadas al lado de signos o iniciales que no logré entender.

Tenía ganas de mirar el contenido con detenimiento en casa, aunque para eso me quedaba un viaje de hora y media en coche. El cielo se había despejado y el sol cambiaba el aspecto de las cosas, decidí entrar a tomar una cerveza en el bar que desde el coche veía. Acompañé la cerveza con una pulga de tortilla sentado en la terraza exterior cubierta, pedí un café y lie un cigarrillo. Coloqué la carpeta en la mesa, no pude evitar el gesto de mirar a los lados asegurándome privacidad.

Llegó la camarera con el café, cerré la carpeta simulando facilitarle el espacio. Iba haciendo una revisión un poco rápida, sin detenerme a fondo en el contenido, ya lo haría, cuando di con unos 10 folios sujetos por clips y con título en la cabecera: Azares. Las primeras líneas se dedican al suceso que tuvo que ver con la desaparición de Agatha Christie.

<<11 días desaparecida, hallada en un hotel bajo el nombre de la amante de su marido. Es, la novelista que más copias ha vendido de todos los tiempos, superada únicamente por Shakespeare y Dios. Dama comendadora de la orden del imperio Británico. Los seudónimos en la literatura; Agatha Christie es el seudónimo que usó y con el que se hizo famosa, también utilizó otro más. Eric Arthur Blai, conocido como George Orwell, aunque barajó la posibilidad de usar otros seudónimos; se decidió por el nombre del santo patrón de Inglaterra y el emblemático río Orwell, calculando también que la letra O le ofrecería una mejor posición a sus libros en los estantes de las librerías. Charles Lutwidge al que conocemos como Lewis Carroll. Tintín Prosper, conocido como Hergé. Pessoa tuvo hasta seis heterónimos. François-Marie Arouet, conocido como Voltaire. Samuel Langhorne, autor –entre otras- de Las aventuras de Huckleberry Finn y cuyo seudónimo era Mark Twain. Andreu Fontana Noguera, desconocido como M y en un futuro próximo como La mano >>

Puse en marcha el coche y me dirigí a casa de mis padres, una visita para despedirme y regresar de vuelta a mi casa, aún me quedaba una hora y media de viaje, hasta que llegara decidí no volver a mirar la carpeta. Lorenzo, recuperaba y clasificaba documentos y notas que encontraba en cualquiera de los lugares por los que buscaba sus artefactos, generalmente en los contenedores de basura, pero también en edificios abandonados donde se colaba en busca de cosas que le parecieran útiles. Tenía un conocido que formaba parte de una cuadrilla que se dedicaba a vaciar pisos de personas que habían fallecido. Todo el contenido pasaba a formar parte de la mercancía que se revendía en rastros, pero aquel conocido suyo solía avisar a Lorenzo antes de comenzar a vaciar la vivienda y le permitían echar un vistazo y escoger algunas cosas. ¿Cómo habría llegado aquella carpeta a donde quiera que la encontrase Lorenzo, y cuál sería el motivo? ¿Que fueran prescindibles, que el propietario ya no las encontrara valiosas? Fuese cual fuese la circunstancia, acabó donde acabaron mis cosas en el año 1991, cuando mi madre en aquel arrebato que tuvo cuando me cogieron en el metro arrojó a la basura todos mis artículos relacionados con el graffiti. ¿Encontraría alguien aquellas cosas mías, el Lorenzo de turno las recogería y las clasificaría en un oscuro local? Lo más probable es que no.

Desde hace años soy muy cauteloso a la hora de desprenderme de cosas mías que ya no quiero guardar, mi método preferido es quemarlas en la chimenea de Vilanova, cuando no estoy allí realizo toda una serie de operaciones que reparten los trozos del documento en diferentes turnos de basura.

Ayer, al descargar las cuatro bolsas que traía de la visita a Barcelona, ocurrió que me olvidé la que contenía la carpeta y las cuatro cebollas que me había regalado Lorenzo. Cuando estaba en casa y después de saludar a G y S me disponía a explicar el episodio con Lorenzo, lo de la carpeta, el huerto, los gatos...Y en esas fue cuando me di cuenta que la bolsa no estaba, me la había dejado olvidada encima del maletero del coche; normalmente aparco en el parking, pero vi un generoso aparcamiento al lado de casa y aparqué para evitar las maniobras de la estrecha plaza del dichoso parking. Bajé rápido en su búsqueda y encontré a una señora de más de 60 años fisgando el contenido de mi bolsa...Señora, disculpe pero me he olvidado esta bolsa, acabo de descargar de un viaje, este es mi coche. Que buena pinta tienen las cebollas, tenga, le regalo una...De vuelta en casa con la carpeta y el olor a cebolla separé el contenido de la bolsa y dejé la carpeta un rato en la terraza, no había sido buena idea compartir la bolsa con las cebollas.

Ya había pasado un mes y medio desde aquel día lluvioso y gris en el que conocí a Lorenzo. Ahora me acercaba de nuevo hacia aquel local, era jueves; aquella zona parece tener los días contados, cada vez son menos los lugares como este en Barcelona; esta ciudad necesita tener todo arregladito y estas tres calles con edificios abandonados son una anomalía. Pero hoy hace un día estupendo, el sol brilla sin molestar, y he organizado mi visita a Barcelona para poder tener un tiempo con Lorenzo. Tengo una serie de preguntas que he de encontrar la forma de hacerle.

Busqué algún timbre, siguiendo con la vista el recorrido de la puerta, pero allí no había interfono, la puerta se abrió antes de golpearla con mi mano, ahí estaba Lorenzo, como si me esperara, con ese control de la situación desde el primer segundo; en la cabeza llevaba enfundado un sombrero de paja y vestía con cierta elegancia. Una camisa azul sencilla, unos pantalones color arena y unos zapatos más que decentes.

Lorenzo debería tener unos 65 años, aunque conservaba una jovialidad tanto en sus movimientos como en su espíritu; una barba frondosa y una piel curtida le daban un aspecto singular. Aunque lo que más me intimidaba eran sus ojos, su mirada parecía atravesar las cosas y sus palabras eran siempre valientes, sin dar rodeos, aunque en ocasiones enigmáticas. Parecía otro, me sugirió que le acompañase y salimos al huerto; había más luz en el local, el sol iluminaba la estancia colándose por unos pequeños cristales en lo alto de la entrada, y al fondo, por la puerta abierta que daba al huerto.

Una mesa y dos sillas estaban dispuestas, dos tazas, una de ellas la que me ofreció la vez anterior, junto a un tarro de miel y otro que debería contener azúcar. Mientras yo intentaba ser simpático y agradecido con Lorenzo por recibirme no podía dejar de pensar en el hecho de que aquella visita mía parecía estar ya preparada, no dije nada al respecto, como si la taza que me esperaba con su inexistente asa fuera algo normal. Durante estos días he estado leyéndome la biografía de Magallanes escrita por el gran Stefan Zweig, de alguna forma, Lorenzo me recuerda a alguno de los posibles tripulantes que surcó los mares desconocidos en busca de las islas de las especias. Casi todo lo relaciono con lo que estoy leyendo. De camino al huerto no he podido evitar mirar hacia el lugar donde encontré la carpeta, donde se acumulaban los papeles ajenos, los documentos extraviados; vi una nueva disposición de aquellos montones, sin duda Lorenzo había añadido nuevo material.

<< ¿Te gustaron las cebollas? Ahora el huerto comienza a dar más de lo que soy capaz de comer o envasar, apenas recibo visitas, aprovecharé la tuya y te llevas una bolsa, así me harás un favor. >> Hablamos del huerto durante unos minutos pero Lorenzo parecía tener previsto introducir el tema de la carpeta. Intenté ser yo quien llevara a cabo el inicio de la conversación sobre la carpeta, otra vez Lorenzo se adelantó << ¿Qué te ha parecido la metamorfosis de M? ¿Has encontrado interesante sus gustos literarios? >> Todo esto con una sonrisa dibujada en su rostro que parecía tener controlado todo lo que debía pasar. <<Supongo que has hecho de nuevo el viaje para encontrar respuestas al respecto, te debe intrigar cómo llegaron a mis manos esos documentos que parecen interesarte tanto. >>

Lorenzo me hablaba con toda naturalidad de gustos literarios y de la metamorfosis de M, a la Mano, eso no dejaba de inquietarme. Aquel pintoresco hombre, que la primera vez que lo vi tenía todo el aspecto de un vagabundo errante no dejaba de sorprenderme y me era difícil ubicarlo. Todos estos pensamientos sobre Lorenzo no me permitían concentrarme en el contenido de la carpeta y la curiosidad que esta despertaba en mí, que era el motivo por el que hacía la visita. Procuré hacer un esfuerzo para dirigir la conversación hacia la carpeta y le formulé la pregunta que él mismo ya me había anticipado...Cómo llegó esa carpeta a formar parte de su colección de extraños documentos. Lorenzo se encendió una pipa que llevaba acariciando unos minutos y empezó a explicar que hacía unos años compartió habitación en el hospital del Mar con el propietario de la carpeta <<se llamaba Andreu y pasamos unos 8 o 10 días juntos en la habitación del hospital, hasta que me dieron el alta.

Andreu remiraba asiduamente esa carpeta, parecía un buen chaval aunque con muchos secretos a cuestas, en eso nos parecíamos bastante. Él era reservado y yo bastante prudente, pero llegó el día que le pregunté si el contenido de la carpeta era algo de lo que podía hablar, había conseguido intrigarme aquel papeleo que se movía con discreción en su interior. Nadie ha visto el contenido -me dijo- pero he decidido deshacerme de ella en cuanto salga de este maldito hospital, así que poco importa que puedas ver lo que guardo. Andreu estaba ingresado por una complicación en el riñón, nada grave, pero parecía estar familiarizado con los hospitales. Yo me había desmayado en plena calle y me estaban haciendo pruebas, aunque no parecían encontrar nada significativo, a los pocos días me despacharon. Recuerdo que me senté cerca de su cama para coger la carpeta y mirarla juntos, pensaba que me iría ofreciendo alguna explicación, pero al contrario, me dijo que iba a dormir un poco de siesta y que aprovechara ese generoso rato para ver la carpeta y desistir cuando me diera la gana. Noté desde el principio -en las rutinarias visitas de las enfermeras- que Andreu no llevaba bien el contacto físico ni la proximidad con los demás, también le observé toda una serie de manías o comportamientos que llevaba a cabo metódicamente y que para la gran mayoría apenas son relevantes. Revisaba absolutamente todo antes de tener contacto con ello, desde las sábanas al vaso, su inflexible horario de aseo, su forma de plegar las toallas, el neceser de higiene. Así que, mientras Andreu descansaba -porque juraría que no dormía, simplemente me mantuvo a distancia-, yo empecé a ojear el contenido de la carpeta. Vi los dibujos que imagino ya has visto tú, pero sin duda lo que me interesó fue *El diario de mañana*, esa especie de libretita que Andreu había titulado así. El título me pareció muy bonito, aunque no sabía si debía leerlo, si sería privado...Andreu no lo habría olvidado si hubiese querido mantener oculto ese diario; miré hacia su cama, parecía dormir, aunque yo supuse que mientras visiblemente dormía en realidad estaba siguiendo todos los movimientos de mi inspección, seguro que a través de los sonidos y el silencio que se había producido ahora, al encontrarme con el diario, le permitían seguir paso a paso y con todo detalle mi indagación. Pensé que, en su silencio y, conociendo tan bien como conocía el interior de la carpeta y su orden, los sonidos que yo producía al pasar hojas, más rápido o más lento, o deteniéndome en algo que había despertado un interés más profundo, le permitía saber exactamente por dónde andaba yo observando en cada momento...Eso me condicionó unos instantes, saber que Andreu estaba viéndome perfectamente con sus oídos. Por lo que decidí hacer maniobras de distracción, retorné a las primeras hojas, intentaba pasar de golpe parte del contenido hasta llegar de nuevo donde me había quedado, en el grupito de hojas llamada Azares; volví a posar la mirada en Andreu, había emitido un leve sonido y cambiado de posición. El juego me empezaba a divertir y decidí colaborar y hacer que los sonidos fueran más explícitos y claros. A parte de El diario de mañana, que luego descubrí que no era de una intimidad cotidiana sino de pensamientos y reflexiones intelectuales, me gustó especialmente aquello que titula Azares, unas páginas en las que, con una escritura muy directa, sin apenas pausa, escupe pensamientos y datos sobre literatura y sobre escritores. Es curioso, porqué mientras lo leía pensé que en esos días de hospital no le vi leer nunca, aunque a veces parecía que lo estuviera haciendo sin sostener ningún libro en las manos. >>

Lorenzo preparaba otro té, apenas me había dado cuenta de ello, estaba concentrado en Azares, recordando su lectura mientras Lorenzo había echado un poco de agua para enjuagar las tazas y volvía a añadir en ellas agua caliente y una bolsita, puso una cucharada de miel en cada una de las tazas y se preparó otra pipa. Azares, tal como yo recordaba, empezaba con las anotaciones sobre la tendencia que muchos escritores practicaban de usar seudónimos. Agatha Christie es la primera de una lista de autores. En Azares, tras apuntar alguna anécdota relacionada con seudónimos y autores, el lector encuentra algunas anotaciones literarias que a M parecen intrigarle. Hay alguna lista con títulos de novelas que aparecen como en forma de juego, recuerdo una que empezaba con *El castillo*, de Franz Kafka, *Intruso en el polvo* de William Faulkner, *Dostoyevski*, biografía de Stefan Zweig en la que el genio austríaco se rinde ante el gran maestro ruso, al que sitúa entre los más grandes de todos los hombres. Cuando leí esta sección de la carpeta de M titulada Azares, encontré muchas afinidades literarias y parece ser que Lorenzo también.

<<No suelo hablar de mis gustos literarios>> –comenzó a decirme- <<pero las preferencias de M las encontré inquietamente interesantes porque entre su lista de autores preferidos se encontraba Dostoyevski. >> Quise interrumpirle para añadir que había terminado de leer hace unos meses Crimen y castigo, pero me distraje pensándolo y Lorenzo siguió con su reflexión. <<Mi relación con *Fedor* va más allá de su lectura y admiración>> –insistió- , <<en sus personajes detecté desde el inicio una personalidad que me hizo no sentirme tan alejado de los humanos que había conocido hasta aquel momento; en sus novelas, he encontrado una forma de conocerme a mí mismo a la vez que disfrutar de la obra del escritor más brillante que jamás he leído. >>

Asimilar todo aquello era demasiado, la relación de Lorenzo con Tudor, o M, la dichosa carpeta, lo *"chamánico"* de Lorenzo, esa forma de parecer estar al corriente de lo que va a suceder. La literatura cobrando vida... ¡Pero si siempre he tenido que llevar esto a solas! apenas estoy habituado a conversar abiertamente sobre literatura, y ahora ante mis narices, un *"vagamundo"* que con pulcritud se ocupa de todas sus cosas y que de la carencia hace virtud me habla de Dostoyevski con un entendimiento que me deja perplejo y a la vez está en medio de esta historia paralela con M y su carpeta. No podía quitarme de la cabeza la pregunta de cómo me he situado yo en medio de todo esto. En ocasiones me venían ganas de volver a mi vida, que estaba a dos horas de coche de donde en aquel momento me encontraba.

<<La cuestión es que M era un tipo que me intrigó>> siguió diciendo Lorenzo, que parecía leer mis pensamientos y el ritmo de los acontecimientos que se daban en esa peculiar charla. <<Esa carpeta y sus misterios me ocuparon durante un tiempo, unos meses antes de que llegaras tú y vinieras a descubrirla. Decidí investigar un poco sobre graffiti, a pocas calles de aquí hay un edificio ocupado por jóvenes artistas, con una sala de exposiciones que frecuentan graffiteros, la mayoría parece que han mutado hacia una producción más artística y exponen sus obras en esa sala acompañados de algún performance y música...Me dejé caer por ahí algunos viernes en los que había inauguraciones, cosa que me permitió acercarme sin llamar demasiado la atención y observar. Se acercó a mí un hombre de unos 40 años, aspecto joven y unas facciones atractivas, se le veía un tipo seguro de sí mismo y parecía ser popular entre los visitantes. Le pregunté si alguno de los cuadros que colgaban en la pared era suyo; se llamaba G pero en el mundillo le conocían por F.

Después de un rato compartiendo mesa con aquellos jóvenes decidí volver aquí, si no cumplo más o menos con unos horarios los gatos se ponen pesados. Fue interesante la información que obtuve en la sala de exposiciones, aquellos graffieros parecían haber dado un salto evolutivo en su propia carrera y sus producciones eran de carácter artístico, aunque se plantaban -según decían- de tanto en tanto frente al muro. G al que llamaban también F me explicó que había pintado desde niño, y que agradecía al graffiti casi todo lo que le había pasado en la vida, amistades, aprendizaje, evolución...Algunas de sus explicaciones me ayudaron a entender a M y el contenido de su carpeta, aunque era significativa la enorme diferencia entre un autor y otro, o sea, entre G al que también llamaban F y Andreu, que era M y que se convierte en La mano. El primero parecía ser un artista reconocido y muy laureado en el mundillo, que provocaba un magnetismo en los demás, todos parecían querer acercarse a él, intercambiar unas palabras...También deduje, por algún detalle que comentó uno de los otros presentes, que se trataba del prodigio del graffiti en la escena barcelonesa y que la gran mayoría había sido influenciada por su estilo.

Me invitó a tomar una bebida con él y alguno de sus amigos en una mesa hecha con pales que había en una pequeñísima terraza. Procuré que la conversación no derivara en un interés por mí, tan solo quería algo de información sobre graffiti y ver un poco el aspecto de los autores. Conseguí esbozar una idea mental sobre el graffiti, aunque aprecié una considerable distancia entre estos y la idea que tenía sobre Andreu y sus escritos y diseños. Sinceramente, lo que me atrajo de Andreu fue la combinación de literatura con esa obsesión de mantenerse en el anonimato a la vez que su empeño en ocupar con ansia el espacio público. Estas dos ramas tan dispares entre si me ofrecían un retrato psicológico que me atrajo desde el inicio. Estos jóvenes que conocí en la sala de exposiciones eran de un perfil más extrovertido, mostraban sin tapujos sus inclinaciones y una expresividad en todos sus actos, parecían contentos de llamar la atención. Andreu, era como mínimo lo contrario. Silencioso, austero, pensativo, incluso seco y desagradable según los protocolos sociales. Sus gestos y movimientos eran escasos aunque precisos y constantes, como si todos los que hiciera fueran los únicos posibles y a la vez necesarios. Creo que tú y Andreu os hubierais entendido bien. >>

Todo esto dijo Lorenzo, con su conversar relajado y preciso, con su dominio de los tiempos y sabiendo captar la atención, la mía en este caso, que escuchaba como si me explicaran un cuento y él fuera un cuentero. Apenas intervine durante su relato, me venían ganas de hacerlo en muchos momentos pero el escuchar me impedía cualquier interrupción. En un silencio lo suficientemente largo, y escuchando mi propia voz como intrusiva, le pregunté por qué creía él que Andreu y yo nos hubiésemos entendido. No escuché la respuesta aunque oía de fondo su voz, estaba recordando la psicología de uno de los personajes de Crimen y castigo de Dostoyevski, concretamente del fiscal *Porfiri Petrovich* que investiga secretamente a *Raskolnikov* y, que a través de la psicología, sin prueba alguna, ha dibujado minuciosamente todos los detalles y la personalidad de este. Acorralándolo sin movimiento ni acecho, únicamente con las especulaciones y algunos gestos, provocando que *Raskolnikov* vaya a él, y no este como representante de la ley vaya tras el criminal. Me fascinó ese personaje; mientras leía, mi inquietud se disparaba y me tensionaba por esas escenas que se producen en el despacho de *Porfiri* o en la deplorable habitación de *Raskolnikov*, unos encuentros psicológicos entre ambos que son memorables...La voz de Lorenzo fue haciéndose más clara, volviendo yo a ser consciente de dónde estaba y de qué ocurría. Al mirar a Lorenzo e intentar hacer ver que escuchaba atentamente <<creo que tendré que repetir mi respuesta si te sigue interesando, no sé dónde te has ido pero aquí no estabas>> -me dijo-. Esto lo dijo sin tono de reproche, con una sonrisa y una mirada que parecían descifrar todo. Le dije que lo sentía, que me disculpara pero que no sabía por qué motivo me había trasladado a unos pasajes de Crimen y castigo. Los ojos de Lorenzo se encendieron, y me soltó entonces que si tales pasajes tenían que ver con *Porfiri* y *Raskolnikov*. Me resultó alarmante y hasta me irritó en cierta medida que Lorenzo viera con tanta claridad lo que pasaba por mi mente. <<Si quieres podemos hablar de esos pasajes, me fascina *Crimen y castigo*. >> Intenté retomar el tema de las similitudes entre Andreu y yo con lo que había escuchado de fondo, y para apartar a Lorenzo de mis cavilaciones. Aseguré que no encontraba en la personalidad de Andreu rasgos que me emparentaran, yo no tenía nada de metódico y mucho menos tenía planificado los movimientos de mis acciones a corto y medio plazo como Andreu. Lorenzo sonrió, descifrando que apenas le había escuchado y que a pesar de ello yo intentaba permanecer en el tema de Andreu para librarme de él y demostrar que no se había colado en mi mente, pero también, al acceder a seguir hablando sobre las posibles similitudes entre Andreu y yo demostraba que lo había hecho, que se había colado en mis pensamientos. Yo noté todo esto o eso me parecía, me entraron ganas de levantarme y salir de aquel lugar.

<<Entraste en mi humilde local aquel día lluvioso, buscabas papeles y los encontraste. Metódicamente te hiciste con ellos, te aseguraste la posibilidad de volver aquí a por más o a seguir obteniendo datos sobre aquello que ni siquiera aún conocías. Volviste, jugaste a dar vueltas a tu objetivo para conseguir descifrar aquello que te intrigaba; parece ser, incluso aseguraría, que ya estás trazando un plan que puede llevarte bastante tiempo de dedicación y que tiene que ver con Andreu, conmigo y con alguna idea que encaje con todo lo que ha ocurrido desde que saliste de aquí con el paraguas, la carpeta y las cebollas. Por eso creo que os entenderíais, porque de alguna forma buscas la invisibilidad, desaparecer mientras no dejas de estar activo, salir de los conjuros actuales en los que se sumergen la mayoría de merluzos que buscan la aprobación a través de eso que llamáis redes sociales. Me da la sensación que planeas abandonar tu conexión con todo eso y basar tu actividad en métodos que parecen ya olvidados, más propios de otros tiempos, o de sujetos que de alguna forma usan la invisibilidad y el anonimato. Casi todos a los que lees están muertos o aunque vivan apenas aparentan estar vivos, mostrándose solo a través de algunas obras que van dejando o ya dejaron; aseguraría también que te refugias en un trabajo que te mantiene alejado de lo que realmente te apasiona, porque de esa manera te sientes libre para seguir con tu anonimato y poder hacer sin que se espere aquello que has de hacer. Andreu buscaba trabajos banales para sostener su economía, apenas nadie sabía en qué trabajaba, y donde trabajaba, desconocían su obsesiva dedicación secreta. Tú cada vez eres más silencioso, apenas te molestas en opinar o en mostrar tu opinión, no crees que tenga ya sentido ni que sirva de nada. >>

Una especie de rabia me recorría el cuerpo, oír a Lorenzo describir como un jodido psiquiatra todos los aspectos relacionados con mi personalidad me llegó a irritar de tal manera que se me escapó en un tono demasiado alto un: << ¡Basta de análisis joder!>> Este desagradable corte a su relato no le perturbó, nada parecía que pudiera hacerlo; en seguida pedí disculpas por mi reacción y levantándome dije que me debía ir ya. Lorenzo no se inmutó por mi actitud, parecía entenderla e incluso esperarla, facilitó mi brusca salida diciéndome que la próxima vez ya podría llevarme lechugas y algún calabacín...Fuera hacía un sol que, aunque ya calentaba, era soportable. Comencé a caminar sin rumbo, alargando la ruta que debía llevarme hasta donde había aparcado el coche. Este hombre cree que todo lo que dice es tal como lo dice, ese tono relajado del que lleva la razón...En nada me parezco a Andreu, y tampoco trabajo en la mierda de trabajo que estoy por salvaguardar mi anonimato; he probado en otras ocasiones ganarme la vida como decorador/artista pero acabo sintiendo repulsión por tratar con la gente, o que lo que hago deba tratar con ellos. He ganado dinero - y en ocasiones bastante- con la pintura, pero no es fácil ni mantenerse ni convivir con ello. De alguna forma le estaba dando la razón a Lorenzo; tras sofisticadas tapaderas y excusas, los motivos más sinceros y que quizá únicamente yo conocía era que me era difícil comerciar con mis pasiones, con mis inquietudes; a veces podía e incluso parecía hacerme feliz...Pero en seguida se giraba todo y buscaba un trabajo tangible.

Mis pasos me llevaron sin pensarlo hasta la sala de exposiciones que decía Lorenzo, se llamaba *la Dorada* y era un edificio en el que residían y tenían sus estudios algunos artistas y personajes extravagantes. Estaba cerrada, pero pude ver en la parte baja a un par de jóvenes con el atuendo de rigor, pasé de largo y llegué cerca de donde tenía aparcado el coche. Se acercaba la hora de comer y sentí cierto apetito, unos metros más allá de donde estaba el coche habían cinco o seis personas haciendo cola en un negocio de comida para llevar, me acerqué, se me ocurrió comprar comida y volver al local de Lorenzo. Tal como me puse en la cola se fueron uniendo algunas personas más tras de mí. El local se llamaba *Tips*, y dos chicas muy atractivas y un chico de aspecto moderno cubierto de tatuajes llevaban con alegría aquel negocio de comida. Pedí un arroz con setas que me recomendaron en la cola y que parecía querer todo el que compraba comida allí, también pedí unas raciones de pollo crujiente que la hermosa chica me explicó que estaba hecho a la brasa con un aderezo oriental y después frito. Decidí acompañarlo con una botella de vino blanco; pagué un total de 42€ por el arroz para dos, el pollo oriental, el vino y dos postres de crema catalana casera que venían en unas cazuelitas de barro. Tras pagar y dirigirme hacia el local pensaba en qué haría con aquel banquete si me encontraba a Lorenzo ya comido, había pasado más de media hora larga desde que me fui de aquella manera. Ya frente a la puerta del local y justo antes de golpearla pude oír que sonaba música, concretamente Aretha Franklin. No pude evitar sonreír. Esta vez sí que tuve que golpear sin que Lorenzo me abriera antes como por arte de magia.

Por suerte Lorenzo no había comido aún, se entretuvo ordenando las últimas adquisiciones. Me pareció ver que se alegraba de verme de vuelta y no pudo ocultar su sorpresa cuando me vio con las bolsas cargadas de comida. Yo también me alegré de cogerlo por una vez desprevenido. Desplegamos todo en la mesa junto al huerto, se miraba con unos ojos curiosos los envases y su contenido. Me dijo que aquel sitio tenía siempre gente haciendo cola pero que él nunca había entrado, su dieta se caracterizaba por ser austera e incluso aburrida. Descorchó el vino y propuso un brindis: <<Por los descubrimientos por venir. >>

Aquellos platos estaban exquisitos, el arroz era un espectáculo de sabor y el pollo oriental casi nos hace llorar de bueno. <<Esto te debe haber costado un buen pellizco. >> Todo aquello que comimos recibió algún elogio, el vino agudizó la charla y entonces Lorenzo sacó de una cajita metálica una bolita de resina de hachís, le hice un gesto que interrogaba por la presencia del hachís. <<Me lo trae un amigo, yo apenas fumo desde hace años, aunque en contadas ocasiones me doy el capricho. Cuando era más joven sí que me gustaba y lo hacía con más asiduidad. >> Todo el recorrido de la comida había sido un gustazo, entonces Lorenzo -sin más rodeo- habló: << Me gustaría saber más de tu obra; deduzco que apartas a todos de ella, incluso intuyo que existe un conflicto que se nutre de que estás demasiado pendiente de los demás, relacionando lo que haces con aquello que se está haciendo. Te animo a romper el hilo que te conecta con lo que hacen los demás, con lo que has hecho tú, dejarte ir por los senderos de la ausencia, porque poco importa, apenas nada importa. La mayoría de creadores están haciendo para los demás. Soy de pensar que el arte está ya enfermo terminal. Prácticamente se ha vuelto innecesario, es un complemento residual que aún continua planeando por la cultura pero que casi carece de sentido. Posiblemente hayas llegado a esa conclusión, que no le veas sentido y estés atado por tu propio recorrido, por la costumbre, por la falta de valentía para dejarlo. Aunque tu relación con la literatura parece que establece una base para un cambio de paradigma, un nuevo enfoque. Diría que escribes en la intimidad, pareces ser de aquellos que cree en la palabra escrita como expresividad que facilita la originalidad particular concreta. Tras observar con atención las corrientes artísticas y culturales, los movimientos alternativos y la masa receptora...Toma cuerpo la idea de que el conjunto muta hacia una promiscuidad caprichosa, que abraza y abandona más rápido de lo que somos capaces de asimilar. Y después de todo ¿cómo será el creador del futuro, será necesario? ¿Por qué medios se expresará? Porque las calles ya no sorprenden, ya no se sobresalta nadie por más grande, bonito o feo que sea, por más poético, transgresor o abstracto. *El fin del arte,* que avanzaba en su ensayo Donald Kuspit, parece haberse establecido... Emisor y receptor no se encuentran más allá de un leve suspiro que apenas altera un ritmo estéril. ¿Se habrá evaporado definitivamente la emoción que el arte provocaba en el ser humano? ¿La tecnología y las nuevas costumbres de usar y tirar son incompatibles con la sensibilidad y percepción artística?

Ya se verá. >>

Lorenzo dijo todo esto con una sencillez y preocupación sincera, desde luego le había dedicado tiempo a reflexionar sobre la dirección que había tomado muchas de las cosas que se manifiestan a nuestro alrededor. ¿Quién cojones era Lorenzo y dónde residía la relación de lo que decía con su forma de vivir? Porque a pesar de sus charlas inteligentes, sobre él no soltaba prenda. Quizás me encontraba frente a un Bartleby real, un modelo original de la renuncia oculto en ese local con huerto en el trastero.

<<Me atrajo Andreu en su momento porque en él residían algunos aspectos ya extinguidos, su desapego por la valoración ajena, el contar consigo mismo para realizar su plan porque lo creía necesario, sin la necesidad de que aquello fuera necesario... Cuando te decía que tendríais cosas en común no era del todo cierto, sí que creo que a ti te interesaría conocer más sobre él y su obra pero a él le daba exactamente igual eso y apenas le interesaba la obra de nadie, como habrás leído en alguno de sus escritos. Solo algunos autores literarios y ciertos pintores poco relevantes que apenas se mencionan en los libros de historia del arte, y por otra parte muertos hace muchos años, eran de los pocos ejemplos en los que se centraba su influencia y estudio. En el momento que hubieras prestado algún interés por lo que hacía se habría esfumado. ¿Qué piensas hacer con la carpeta?>>

Seguía yo imaginado pasajes a los que me había llevado algunas de las reflexiones que Lorenzo había narrado, cuando escuché de fondo la pregunta de <<qué pensaba hacer con la carpeta>>: tirarla. Algo se había concretado desde aquel día lluvioso en el que me encontré con Lorenzo y todo lo que vino después. No sé hacia dónde ni qué contendrá, pero lo cierto es que de lo que me sentía contento era de haberle conocido a él. Así se lo dije: <<me alegra que se haya presentado la oportunidad de poder ir conociéndote Lorenzo. >>

De vuelta en casa, mientras removía algunos papeles, me encontré con la carpeta de Andreu. ¿Quemarla en la chimenea de Vilanova? Sí, creo que será lo mejor. Andreu debe estar fotografiando espacios abandonados y desolados, quizá ya ande en otros proyectos. En mi próximo encuentro con Lorenzo pretendo entregarle el manuscrito que he ido elaborando en estos últimos tiempos. El fuego lo ha consumido todo, a Andreu, a M, y a La mano.

38

Estoy experimentando una dificultad enorme al leer a Lichtenberg, su libro es el que estos días me acompaña en los ratos que puedo dedicarme a la lectura. Su perspicacia es muy superior a mi entendimiento y es más que necesaria una relectura en cuanto lo acabe. Cuando leo un párrafo he de volver atrás para desbrozar el contenido. Sin duda, y refiriéndome a alguno de sus razonamientos, me ha dejado intrigado la teoría de que, como sociedad, seguramente hemos avanzado en muchos aspectos de forma excepcional, pero quizás también de manera artificial, sin reconocerse en el rostro la severidad del camino, cosa que me sugiere, como mínimo, dudas. Hay una opinión desarrollada por Lichtenberg que tiene que ver con una reflexión parecida y, esta, se basa en parte a la fórmula llevada a cabo para el aprendizaje.

Cuando el autor se refiere a los antiguos poetas, artistas y filósofos, señala, que la diferencia se encuentra en que estos tuvieron que recorrer el camino hacia el conocimiento, observando, experimentando, exponiéndose, tomando parte, viendo y estudiando cómo funcionaba la vida, cómo discurría todo aquello que les intrigaba.

A diferencia de este, el otro modelo ha mutado y se basa en estudiar las publicaciones que los antecesores antes citados elaboraron, haciéndolo bajo la luz de la lámpara y el trasero cómodamente reposado en una silla, pluma en mano. Estos, tras haber estudiado a los brillantes clásicos, aquellos que bajo la luz del sol o la oscura noche sintieron los rigores de una vida que luego inmortalizaron en ideas, reflexiones o construcción de personajes, se proponen realizar su obra, carente de olor, ni rasgaduras, sin haberse ensuciado ni expuesto, sin haber presenciado el jaleo de las discusiones ni observar con detenimiento en medio del bullicio un apasionado beso, o la verdad enfrentándose en desventaja a la mentira; desvelando las interioridades del mundo de los humanos y, por el hecho de tanto observar, hacer acopio del resultado de las experiencias ajenas dotando a la creación y descripción de esa profunda mirada.

Por eso son tan excepcionales los Shakespeare, Dostoyevski, Cervantes, Horacio, Dante, Leonardo, Montaigne...Desde hace años, se han podido estudiar cómodamente sus trabajos sin caminar el proceso que les llevó a ello, sin discernir de dónde provienen ni cómo se formaron, qué relación se trazó entre autor y obra hasta el punto de, quizá, ver una cosa parte de la otra, fusionándose de forma natural.

Esto he entendido y es lo que me ha dejado impresionado de la lectura de ayer de este alemán nacido en 1742. Me impresionó de tal manera su reflexión que necesito seguir dándole vueltas y, estas líneas escritas así, sin mucho rigor ni la necesaria pausa, son una muestra. Si en el siglo XVIII, Lichtenberg, con su afilada ironía y sentido del humor ya encontraba esa enorme distancia entre presente y pasado, ahora ¿en qué situación estamos? Encuentro que su reflexión ofrece matices de una naturaleza diferente de hacer las cosas, sí que se han hecho comparaciones y análisis de las formas de trabajo y resultados de una y otra época, pero lo que revela este alemán es esclarecedor, como si frente a lo borroso te ofreciesen la lente adecuada.

Y, ciertamente, esto enlaza y también tiene que ver con la forma en que viví el graffiti, con todo lo que sin mucho acierto he intentado explicar a lo largo de las anteriores líneas. Aquel graffiti, en el que uno se tenía que enfrentar con aquella ignorancia e intentar descifrarla sin hundirse en ella, sin referencias, sin poder ver apenas lo que se había hecho o cómo lo habían hecho porque no te lo podían explicar, porque lo vivías en tiempo real, formando parte de aquel presente sin medios y con todas las capacidades humanas arrojadas al proceso de experimentación. Sin la opción de poder hacerlo bajo la luz de una lámpara, ni con nuestro trasero cómodamente reposado observando lo que hicieran otros e intentando aprender de ellos así.

Hace unos días, me llegaron a través de Correos los diccionarios de la Real academia de la lengua española. Dos tomos que hace años, aproximadamente unos trece, ya deseaba hacerme con ellos. Su precio siempre me ahuyentaba. Ya sé que puede uno consultar la R.A.E a través de internet, pero la solemnidad de estos dos tomos ni por asomo la encuentra uno frente a la pantalla. El precio de los dos era de diez euros, una ganga. Me llegaron desde Madrid, y están en perfecto estado de conservación. Los mantengo junto al portátil mientras escribo y cuando leo, teniéndolos que usar más de lo deseado.

La evolución de este relato se ha hecho mediante una serie de procesos en los que, intentando mantener la esencia de aquello que pasó, necesitaba conseguir plantearlo como un conjunto de retos personales en los que, el objetivo inicial, ha superado a la situación en la que me encontraba antes, que no dejaba de ser una desordenada suma de anécdotas. La experiencia de volver a caminar los pasos, aunque sea con esa atmosfera brumosa del recuerdo, está siendo maravillosa y me ha provocado muchas sensaciones, desde la vergüenza a la ternura… Me ha hecho reír, me ha dotado de un equipamiento que recupero porque lo creía perdido, peor aún, que en muchos casos había olvidado. Su construcción me ha llevado a tener largas charlas con algunos de los que formaron parte de aquellos años, me ha permitido disponer de sus memorias, de sus opiniones, y me han dado la oportunidad, a través de sus testimonios, de descubrir cómo era yo, aquel entorno y tantas otras cosas, en aquellos tiempos. Restableciendo y asumiendo el resultado, también rescatando un gran número de pasajes que redescubren aquello que nos entusiasmó durante años.

El proceso y el acto de escribir le acercan a uno a rincones de su ser a los que, de otra manera, difícilmente podría acceder. Es un encuentro, un reajuste de las interioridades que, mediante el ejercicio de voz interna, se acerca al lugar más recóndito de nuestra mente o quizás alma. Tras todos estos años de autodidacta formación, de silencioso abono, necesitaba embarcarme en un proyecto que me forzara a recorrer los enigmáticos espacios que todos guardamos en lo más hondo de nuestro ser.

39

Si miro atrás veo lo que costaba, lo que me costó. Hace dos días, estuvimos hablando por video llamada: Manu, Salva y yo. Sobretodo recordando anécdotas de los primeros días y de los segundos...Hablamos durante mucho rato recordando anécdotas propias y ajenas, detalles que en su momento tuvieron mucha importancia, luego dejaron de tenerla y actualmente despiertan nuestro más apasionado interés aunque sea por un instante.

Entre una serie de *Te acuerdas* apareció el concepto de lo que costaba en los inicios mejorar y concretamente de lo que me costó a mí. Hablamos de la evolución de mi tag...Si soy riguroso con los datos que ya he explicado anteriormente, he utilizado tres firmas, la primera la cuento por el dichoso rigor pero carece de cualquier contenido y apenas la usé semanas. A la que me refiero es a la segunda, de la que ya expliqué que fue con la que me dediqué a bombardear con firmas obsesivamente. Esa firma tuvo un proceso de evolución, como todo, pero en esos, aproximadamente dos años y medio, la firma gozó de un estilo más o menos bueno en la parte final. Me costó mucho desenvolverme con la caligrafía, había quien obtenía mejores resultados en mucho menos tiempo. Aunque llega un momento que el estilo comienza a fluir, evidentemente se trata de una evolución continua pero hay un momento de comprensión y de fusión entre el gesto y la mente. Recuerdo que metía tags como el que respira, mientras hablaba, en el polvo acumulado en los coches, en cualquier superficie y en cualquier momento llenando el espacio de aquello que cayera en mis manos. Mi método siempre fue el de la insistencia, el de la repetición. Esa forma de proceder la apliqué siempre, tanto en la firma como en los bocetos de letras que realizaba, haciendo siempre muchísimos. Esa forma de elaborar inconsciente, sin planificación, me llevaba a pintar mis piezas sin seguir un boceto. La mayoría de mis amigos pintaban sosteniendo en la mano el diseño hecho en el papel, yo por el contrario hacía de memoria aquel boceto que había repetido insistentemente en los últimos días o semanas, como si el de la pared fuera un boceto más...

Y, si antes mencionaba lo que me costó a mí, también al grupo que se hizo con el protagonismo en Hospitalet le costó. 507, necesitaba posicionarse como grupo fuerte de Hospitalet e ir abriéndose un hueco entre los grupos de Barcelona. Los inicios fueron un poco dispersos, con unos integrantes activos pero que no conseguían que desde fuera se viera la proyección de un grupo a tener en cuenta. Los que pintaban y daban forma al núcleo eran cuatro. Procedían de los desaparecidos grupos de Hospitalet norte a los que se unió Juan y más tarde, como ya he mencionado, Raúl.

En 1994, 507 logra darse forma a sí mismo, hacía años que se formó pero su resultado era poco definido y necesitaba concentrar los esfuerzos de sus miembros en una culminante actividad, colectivizando la energía para comenzar una trayectoria que marcara la diferencia en Hospitalet. Esto se consigue a partir de ese año 1994, tras la muestra internacional del *Poble espanyol*, con la inclinación del grupo por los trenes, dando un vertiginoso salto ya en 1995. MSC, que fue quizá el grupo más presente de Hospitalet en aquel joven graffiti bombardero, se había diluido y no quedaba nada de él, el panorama había evolucionado y MSC no. Ya no se trataba de bombardear con firmas (que también), el graffiti se hacía más técnico, sus piezas ganaban en detalle, en exigencia y, de todo esto, MSC no conoció apenas nada por el prematuro abandono de parte de sus miembros más desequilibrantes. MSC fue importante en esa época en la que éramos más ingenuos, en la que éramos depredadores con unas capacidades limitadas por la falta de evolución, por la falta de medios y de la propia inmadurez del graffiti. Tras la dispersión producida por la mili, que llevó a varios miembros de MSC a descolgarse del graffiti, el grupo ya dejó de tener presencia en la escena.

La fábrica de tochos ofreció el espacio perfecto para que 507 diera el salto hacia el estilo, a lo que se sumaba la concentración de otros tantos escritores que, bajo otras siglas, compartía las acciones y la relación diaria. Se convirtió en un lugar en el que se pudieron probar cosas, siempre había allí paredes dispuestas. A partir de entonces, la situación de 507 comenzó a tener un aspecto diferente, todos los integrantes habían dado un salto en su particular estilo y eso aportó una imagen de grupo que ofrecía elaboraciones atractivas y fluidas.

Sin abandonar ese año 1994, desde la plaza Universitat salió un autobús con una representación de la movida barcelonesa con destino a Perpignan para asistir a un concierto de rap del grupo francés *I AM*. Ese largo camino en autobús nos llevó a conocer a las chicas de *Vueltalsol* y a la gente de *Bandoleros*. Las fundas de los reposacabezas de los asientos sirvieron de munición para una graciosa batalla dentro del autobús, lo que rompió el hielo y favoreció el primer intercambio de palabras. Nuestras carencias en las relaciones sociales eran evidentes y dar el paso a conocer gente nueva no nos era fácil. Aunque esa dificultad podía verse favorecida por situaciones como esta. Aquel viaje, en el que había gente de diferentes barrios de Barcelona, era perfecto para poner en jaque nuestras escasas artes en las relaciones. Y así fue, tras ese viaje dio comienzo una intensa relación con las integrantes de *Vueltalsol* y *Bandoleros*, encontrándonos en el parque o en la tienda *Game over* de Lesseps. Fue estimulante descubrir a aquellos jóvenes que en muchos aspectos eran parecidos a nosotros y, aunque compartiendo objetivos similares, tuviéramos diferentes métodos para conseguirlos. Se divertían y se relacionaban de una manera que me pareció más afable y afectuosa que la que nosotros nos aplicábamos.

Vueltalsol lo formaban cinco chicas -de las pocas que pintaban graffiti con convicción- , *Bandoleros* era un grupo más numeroso que comenzaba a tener protagonismo, con alguno de sus integrantes de merecido reconocimiento. La mayoría eran de nuestra generación, año arriba año abajo. Aquel viaje sirvió para tejer una relación y empezar a hacer cosas... También fue determinante que las chicas de *Vueltalsol* se unieran a nuestro -a veces inhóspito- grupo.

Habíamos crecido, al menos nuestros cuerpos ya eran de adultos y perillas o barbas engalanaban nuestras caras. En la cadena alimentaria del barrio nos habíamos situado en una posición de amplia perspectiva. La experimentación se ampliaba con el consumo de algunas drogas, y los primeros coches entraban en el grupo agilizando nuestros desplazamientos. Los coches ofrecieron un plus de comodidad en las noches que salíamos a pintar trenes; no tener que esperar al amanecer para subir al primer tren de vuelta, sin apenas haber dormido, fue un salto importantísimo.

40

Dos de los pioneros de Barcelona, M y K, habían abierto una tienda en el barrio de *Gràcia*, la llamaron *Game over,* nombre que se asociaba a un fanzine que ellos mismos habían comenzado a elaborar unos meses atrás. La tienda era pequeñita, en ella vendían pintura, fanzines de otros países, maquetas y artículos relacionados con el graffiti... Además de ser un punto de encuentro donde ampliar conocimientos, el *Game over,* atraía a bastante gente de la movida las tardes del viernes y las mañanas del sábado. Decisiones como la de desplazarse al *Game over* nos facilitó que ampliásemos nuestro círculo, permitiéndonos conocer y ser conocidos por otros, saliendo de nuestro desapacible barrio. Universitat había dejado de ser un punto de encuentro y la existencia de la tienda de graffiti sustituyó las mañanas del domingo en Universitat y amplió la función que esta daba. La información ya tenía una sede para ser difundida.

Los fanzines son parte importante de los inicios de la historia del graffiti en general. En Barcelona, las primeras publicaciones artesanas que daban cobertura al graffiti que se estaba haciendo fueron: el fanzine CFC y el *Aerosol.* Fotocopias en blanco y negro repasaban las últimas obras más significativas que se habían hecho en la ciudad, así como alguna de otros lugares del país e incluso alguna europea. En el caso del CFC, añadiendo unas pesetas más, tenías la opción de llevarte alguna de esas obras en color, revelada en papel fotográfico. De esta manera, el editor, daba el primer paso a lo que sería un futuro cercano pero todavía inimaginable. Aparecieron otros fanzines, se fueron añadiendo publicaciones varias de los grupos más consolidados; en estas publicaciones se aprovechaba para dar espacio a declaraciones extravagantes y provocadoras, artículos de opinión sobre la movida...Todo bastante inocente y con una clara intención de informar a los novatos, guiarlos por la senda correcta; evidentemente, todos en blanco y negro. La labor que hizo alguno de estos fanzines de edición casera fue muy importante, una dedicación totalmente vocacional que, a la vez, nos aportaba un objeto físico que nos confirmaba que formábamos parte de una cultura muy particular. El anhelado color vio la luz con el fanzine *Game Over* que antes citaba, allí se pudieron ver los graffiti con su forma y su color. Esta publicación ya se hizo en imprenta, los autores consiguieron el apoyo de algún sponsor para alcanzar una edición más elaborada…

Y, en esas, M y K volvieron a dar ese paso por delante de los demás, situando la ciudad de Barcelona en pionera al respecto, por el salto cualitativo del fanzine, y, meses más tarde, por abrir las puertas de la primera tienda del estado en ocuparse del graffiti.

Recordar la etapa de los primeros fanzines me ha traído a la memoria un episodio en el que he recordado mi prueba piloto de fanzine. Sí, empecé a desarrollar una idea en forma de revista en la que haría entrevistas a mis escritores de graffiti preferidos. Como era tímido y no los conocía decidí inventarme las entrevistas.

En una de ellas entrevistaba a Tomás y le preguntaba por qué se disfrazaba de señor mayor para bombardear las calles. Sus respuestas eran muy largas, argumentaba con detalles la preparación de la noche mientras se movía de un lado a otro en su habitación, que era muy grande, con una mesa de dibujo y estanterías donde los sprays estaban ordenados por colores, en una reducida gamma pero abundante en número.

En la mesa de dibujo habían extendidos varios mapas de Barcelona, con señales que solo él podía comprender y que marcaban los lugares por los que había pasado y en qué fecha. En la silla esperaba la ropa, un chaquetón largo de color negro, pantalón oscuro y jersey gris que combinaba con una larga bufanda. El detalle final lo ofrecían unas gafas. Así, de esta manera, se añadía unos 10 años y un atuendo elegante que alejaba de la sospecha su paseo nocturno. No solo utilizaba ese disfraz, tenía otro muy apreciado que le vestía de operario de obras con una especie de mono de colores llamativos, con cinturón para las herramientas, un casco y mosquetones que colgaban de ese cinturón multifunciones. Con este, recorría las zonas cercanas a grandes vías de comunicación.

En la entrevista –para desestabilizarlo un poco- le preguntaba por la dieta, si comía algo en especial, a lo que respondía que por supuesto, que su dieta era austera y equilibrada excepto los viernes por la mañana, que tenía por costumbre almorzar con su amigo Santiago en un bar gallego de las afueras de Hospitalet, donde pedían codillo y lacón asado después de degustar el pulpo. Aquellos almuerzos continuaron un tiempo.

También recuerdo la entrevista a Belard, era quizá el escritor de graffiti que más me influenciaba y admiraba. La entrevista comenzaba con una pregunta que incomodó al entrevistado << ¿Cuándo vas a dejar de pintar?>> Dejó escapar una sonrisa acompañada de una extraña mueca, pero viendo que yo permanecía serio, contestó que dejaría de pintar graffiti en el año 2017, para eso faltaban aún veinte-cuatro años. << ¿Es excesivo no crees?>> le pregunté. Se extendió explicando que en ese momento se dedicaría a pintar en un estudio, pintar cuadros por los que se pagarían buenas sumas. Esto me puso nervioso, por lo que le dije si esas sumas se pagarían con él en vida o tras su muerte… En ese momento, su respuesta fue una pregunta << ¿esto no se va a publicar, no?>> No, no, le contesté, esto es todo una invención para reducir el peso de los largos días de este verano en el que todos se han marchado de vacaciones, y yo, me he quedado aquí soportando la visión de este barrio feo y, ahora, además vacío.

La gente de *Bandoleros* y las chicas de *Vueltalsol* comenzaron a ser asiduas del parque. Salíamos a bombardear juntos toda la noche, hasta la circulación del primer metro. Muchos de los integrantes de estos dos grupos eran unos apasionados de los trenes, dedicaban sus esfuerzos y recursos a ello, estudiando las líneas, las cocheras donde dormían convoyes y eligiendo las que tenían opciones de éxito. De forma aleatoria algunos de nosotros se unieron a esas salidas. No podíamos ir todos en busca de un tren, así que se iban organizando pequeños repartos no exentos de alguna polémica o riña.

Junto a la tienda de Lesseps había un pequeño parque con palmeras, una zona ajardinada con unos bancos y un muro que se iba renovando de graffiti. Era agradable pasar en él esas mañanas soleadas que ofrece el clima de Barcelona, mezclándonos con otros escritores de graffiti atraídos por la tienda en esa bella estampa que caracteriza al barrio de *Gràcia*.

En mis inicios, cuando formábamos MSC, habíamos creado cierta relación con una tienda de pinturas del barrio, la típica tienda de pinturas que tenía una pequeña sección de sprays de consumo doméstico. Yo recuerdo invertir bastante tiempo en convencer a aquel comerciante de que ampliara su oferta, comprometiéndome, en que nos encargaríamos de hacer de su tienda el lugar de suministro local. Evidentemente no existía Montana, *Spray colors* era la marca que solíamos encontrar, a la que se sumó *Felton* que amplió la gama de colores.

Es conocida entre los escritores de graffiti la leyenda en la que, J, un comercial de la marca de pinturas *Felton*, se mostró sorprendido por las ventas de una tienda de Barcelona donde muchos escritores de graffiti hacían sus compras. En esa tienda, trabajaba uno de los conocidos escritores de graffiti de la ciudad - curiosamente, uno de los que daría vida a la ya mencionada tienda *Game Over*-. *Felton*, decidió no reaccionar frente a esa valiosa información que su comercial les ofrecía, la que señalaba un mercado por explorar con el que no habían contado y que posiblemente asociaron al vandalismo, con el que no querían relacionarse. Así que, J, se propuso abandonar *Felton* para crear junto a Q -un compañero de la misma empresa-, Montana, un proyecto que tendría el graffiti como elemento clave para destinar su producto.

Esta decisión se tomó en un restaurante de la Gran vía de Barcelona, en un secretismo que incomodó de inicio a Q, el químico que debería liderar la creación del producto. Allí, con argumentos extraños para aquel dubitativo hombre, que apenas comió nada de lo que le sirvieron, que nada sabía de graffiti y que a punto estuvo de levantarse de la mesa en varias ocasiones, temiendo que los de *Felton*, de la que aún formaba parte, pudieran llegar a enterarse de que participaba en un plan ideado para restarle mercado... El persuasivo J, intentaba captar su atención mientras extendía en la mesa una serie de papeles con gráficos muy sencillos, donde los conceptos importantes aparecían dentro de un círculo. Mientras llegaban los postres -que Q no iba a probar, aunque los miraba para concentrarse, incluso para templar sus nervios-; J le comenzaba a narrar cómo pretendía hacerse con ese mercado nuevo.

Montana entró en escena en 1994, su primera aparición fue clandestina e incluso provocadora...Se asesoró con algunos de los pioneros del graffiti barcelonés, concretamente los que iniciaron el proyecto de la primera tienda especializada de Lesseps. Ellos, parece ser que aportaron información a la marca sobre las necesidades que el graffiti demandaba, la ampliación de la carta de colores, el formato y densidad de la pintura, y la necesidad de conseguir válvulas pensadas para cubrir rápidamente amplias zonas o para crear detalles finos y precisos. También influyeron en la estética de la marca, que se asociaba sin duda con el graffiti.

Simultáneamente, nuestro hombre de Hospitalet, el de la tienda de pinturas, tímidamente fue viendo que podía convertirse en la apuesta local de venta de sprays, le costó un poco inclinarse a ello, porque nosotros, ante su lenta adaptación, nos veíamos obligados a desplazarnos a otros sitios con una oferta más amplia. Así que, hasta que las dos partes no se fueron encontrando no se consumó tal empresa. Algunos proyectos que surgían para elaborar graffiti de grandes dimensiones, que generaban una importante compra de sprays, fue determinante para que, aquel comerciante local de pinturas, dedicara un espacio para nosotros y diera el paso definitivo. A partir de ahí, ya sí, se podía hacer una compra completa, nos gratificó con unos precios ajustados a los que empezamos la relación, y aún hoy, es un suministrador importante.

41

Lejos queda *El señor del tiempo*, lejos aquella inocencia de las primeras firmas, de los muros vírgenes...Ya empezaba el graffiti a estar presente en todos los rincones, ya se empezaban a acumular capas de pintura que acababan con el pasado inmediato de los muros más solicitados. Los trenes fueron cogiendo ese protagonismo que líneas arriba he mencionado. Tras el primer tren en el que participé, que fue a finales del noventa y tres, empezó una actividad que iría a más. Vino el siguiente en la cochera de *Maçanet*, también el de Manresa en el que las piezas se elaboraron más y, en mi caso, busqué templar los nervios para centrarme en mi pintura, que era más grande y colorida.

Poco es comparable a lo que experimentas al ver tu graffiti en un tren, ver circular tu pieza desde el parque era una fiesta, en la que, los allí presentes, levantábamos el culo del frío asiento de hormigón y gritábamos como locos de emoción frases extraídas de la película *Style Wars* de *Henry Chalfant*, ante la curiosa mirada de los vecinos que nada entendían. Sobrevinieron los trenes, los propios y los ajenos, proporcionando a las líneas un ajetreo constante.

Dos de los nuestros, detectaron que Puigcerdà podría ser una cochera en la que se hiciera realidad una de nuestras aspiraciones más deseadas, conseguir realizar un *whole train,* que significa pintar un tren en su totalidad, en el caso de aquel modelo, el 440 o Delta, de tres vagones, de arriba abajo y de cabeza a la cola. Hicieron primero una previa degustación; envueltos en una calma que precedería la tempestad por llegar, un ciclón de color, estilo y noches salvajes.

A las dos semanas, tres componentes de 507 (Ramón, Juan y Dany) hicieron el primer *whole car*, un vagón en el que se leía el significado de las siglas, con letras rellenadas en color oro y trazo negro. Creo que todos nos alegramos, haciendo nuestro lo que representaba aquel maravilloso vagón, con las letras de nuestro grupo inmensas bailando sobre los raíles. Fuimos caminando a verlo, desde el parque hasta la cochera de Hospitalet, cruzando las vías hasta llegar al andén donde estaba parado. Nos acercamos a él, visto de cerca se humanizaba porque se observaban las prisas de la elaboración, quedando a la vista los errores provocados por la oscuridad de la noche que dificultaba encontrar las líneas correctas. Verlo de lejos era como observar un tótem, como estar cara a cara frente a un enorme poder, algo de una fuerza descomunal. Después de dejar reposar unas semanas la cochera, se planeó una salida sin precedentes hasta entonces, iríamos todos los componentes de 507 y trabajaríamos en equipo siguiendo un mismo esbozo, seis inmensas letras con un personaje de Toni en el centro. Aquel vagón, realizado en grupo, con esas letras en color plata trazadas en negro y con el personaje en medio, fue el preámbulo de la posterior explosión, la que convertiría aquella estación en una fábrica de nuevas apariencias, aquellos vestidos de noche con los que cubríamos los cuerpos de aquellos trenes que descansaban bajo el cielo estrellado de la capital de *la Cerdanya*.

El secretismo sobre dónde hacíamos esas grandes gestas era total. Mientras dejábamos reposar Puigcerdà, íbamos haciendo trastadas en otras cocheras más cercanas. Las salidas a pintar trenes se convirtieron en una práctica habitual. A la vez, protegíamos Puigcerdà de los demás "treneros" de Barcelona.

42

Construir esta parte del relato, en la que se acercan esos momentos finales del recorrido que quería narrar, me está costando más de lo que pensaba. Aun siendo los más cercanos en el tiempo, incluso de los que más material dispongo en forma de fotografías y testimonios que puedan ayudar a mi memoria, aun así, se me hace más difícil encontrar en ellos un filón que me seduzca como lo hacía la inocente etapa inicial, la de los jóvenes brotes.

Ayer decidí consultar sobre estos días y le dejé un audio a Ramón, le preguntaba algunas dudas sobre el orden cronológico de los vagones hechos en Puigcerdà. Me confirmó alguno de los datos, aclarando parte de las dudas que yo tenía, y acompañó su versión con algunas imágenes. Salvando pequeños detalles, parece que la mayoría estandarizamos una versión similar de los hechos vividos en aquella cochera.

El graffiti de esos momentos empezaba a ser un espacio amplio y más maduro, con más medios a su alcance, habiendo perdido esa ingenuidad de los primeros años.

Teníamos el barrio mimetizado de piezas y firmas que montaban unas encima de otras, sin tener en cuenta que algún día miraríamos atrás en busca de esa historia que estábamos escribiendo en el espacio efímero. Paralelamente, el parque, con el bar Granada como sede, era un bullicio constante, seguían las risas, los tratos, las burlas…Y seguíamos pintando en muros tranquilos piezas elaboradas. Continuaba viva la fábrica de tochos y el Matacaballos, tampoco dejamos de lado los muros de las vías, pintábamos obsesivamente.

Desconozco si el graffiti dispone ya de alguna obra narrativa que se haya nutrido de sus interioridades para componer un texto. El mundo es tan grande que me inclino y cuento con que sí. Aunque el lector, a pesar de contar entre estas líneas con un grueso contenido relacionado con el graffiti, lo cierto es, que sería erróneo calificarlo como un relato exclusivo de graffiti, ni por asomo…En este caso, sin una intención clara -más bien una necesidad- el relato recorre desde una mirada indefinida por el paso de los años y, una perspectiva con más de un punto de fuga, aquellos pasajes ya entelados por la liviana bruma de memoria. Pero lo hace sirviéndose de atajos o dando rodeos, abriendo y cerrando lo que podrían considerarse ventanas hacia horizontes indefinidos.

He conversado con César -en varias ocasiones- durante el recorrido de estas páginas. Hace cosa de cinco días hablé con él por teléfono, me llamó porque se está elaborando un proyecto que tratará sobre el graffiti de Barcelona y se han puesto en contacto tanto con él como conmigo. El proyecto, que tendrá forma de libro, pretende recoger los acontecimientos en relación al graffiti barcelonés de finales de los ochenta y principios de los noventa, dedicando un espacio por capítulos a las *crews* que estuvieron significativamente activas en aquel periodo. Realmente era necesario un proyecto como este, que ordenara y explicara a través de imágenes y palabras lo sucedido en aquellos inicios, con los testimonios de aquellos protagonistas que, actualmente, rondan los 50 años. Por la parte que me toca me he comprometido con el autor en pasarle material de MSC y elaborar un texto en el que se explique su fundación, sus miembros y zonas de actividad. He intentado hacerlo de la forma más resumida posible, procurando mencionar aquello que fue importante.

Como he anotado en alguna parte de este manuscrito, son bastantes los que miran hacia atrás para ver y entender dónde estamos, dónde hemos llegado. La conversación con César, por otra parte, estaba pendiente desde hace tiempo, porque curiosamente fue con él con quien primero hablé sobre la intención de embarcarme en este proyecto aún pendiente de título. Cuando le informé que el texto ya sumaba cerca de ochenta páginas en formato folio su sorpresa fue notoria.

Ahora no recuerdo, si llegué a desvelar en estas líneas que era con él con quien me escribía en esa falsa correspondencia. Lo usé como el enlace para empezar a escribir sobre aquel tiempo pasado. Aquellos falsos correos electrónicos -que jamás existieron- me sirvieron para crear un diálogo, un recurso que apareció sin más y que me sirvió como punto de partida. Me hubiera gustado que todo esto que ha ido escribiéndose, hubiera tenido una colaboración real y dinámica con él. De alguna manera, César, fue un reportero de aquello que pasó, un reportero silencioso que, cámara en mano, disparó a muchas de las situaciones que sucedieron.

Casi con todos los que he ido contactando, por un motivo u otro, revelan connotaciones que descubren que, la relación con el graffiti y con aquello que vivieron en esos ya remotos años en que formaron parte de esta cultura, que tanto ha crecido, ha pasado a ser una de las cosas más especiales que han hecho. Cada uno de ellos, conserva alguna anécdota grabada en la memoria después de más de treinta años, incluso guardan objetos físicos, documentos relacionados con aquellos momentos.

Para los que vivimos con pasión el transcurso de aquella primera etapa, cada uno de aquellos abandonos inquietaban, aunque no fuéramos capaces de expresarlo, dejaban un vacío. De la generación que frecuentó esos finales de los ochenta y principios de los noventa -siendo parte activa y protagonista de muchas cosas-, fueron quizá demasiados los que abandonaron. Algunos eran referentes, competidores, en esa pugna por ver quién estaba en más lugares o quién más vacilón. Sin duda, muchos nombres que todos recordamos abandonaron, sin que los demás entendiésemos el porqué.

Antes de comenzar con este proyecto -al que demasiadas veces llamo relato-, me interesé por los que abandonaron. Hurgué en el pasado y encontré algunos protagonistas de esos inicios. A través de las redes sociales pude entrar en contacto con alguno de ellos y, sin revelar mi verdadera identidad, comencé a realizarles una serie de preguntas. El primero fue Arturo -a quien me derivó un extraño contacto, con un perfil en las redes que desapareció sin dejar rastro a los pocos días-, que entre el año 1989 y el 1991 fue un individuo muy insistente en las calles y líneas de metro.

Al principio no mostró apenas interés por recordar aquel pasado por el que yo me interesaba, ahora trabajaba como portero en una finca de Castelldefels… Pero me fui ganando su confianza y nos vimos inmersos en un intercambio de correos electrónicos. Él prefería comunicarse así y a mí me parecía la mejor forma.

Le pregunté primero por cómo se organizó para llegar a tener la línea 1 del metro de Barcelona totalmente bombardeada por su firma; no podía ver su cara mientras escribía su respuesta en el correo electrónico, pero por las palabras que utilizó, diría que era una persona austera en emociones. Su respuesta fue que se dedicó durante un año a ello. Él también usaba una especie de disfraz que le ayudaba a no levantar sospechas, más que un disfraz era llevar consigo el *attrezzo* elegido entre una serie de opciones a las que tenía acceso. En ocasiones usaba una gran carpeta de dibujo colgada al hombro, a veces una maleta, y otras, la funda vacía de una guitarra. <<En aquel tiempo estudiaba en el instituto y entraba a las 8:00, salía de casa a las 6:30 de la mañana. Vivía en casa de mi madre en el barrio del Clot y me desplazaba hasta el final de línea con la mochila y la gran carpeta; me subía y bajaba del metro entre las tres últimas estaciones hasta seis veces, y así de lunes a viernes durante un año. El resultado es el que recuerdas tú y vagamente yo. >> No le interesaba nada el graffiti actual, no mantenía contacto con ninguno de los escritores que conoció en aquella época. Eso me intrigó, pero me argumentaba con un desapego paralizante que, todo aquello, fue un objetivo que se marcó en un contexto que le pareció interesante y que ahora había perdido para él todo interés. Actualmente se dedicaba a realizar pinturas en blanco y negro, para ser más concreto, elaboraba miniaturas en papeles *Canson* de considerable gramaje y trabajaba con lentes de aumento; algunos de estos dibujos ilustraban pasajes de libros, su otra pasión. Todos estos dibujos no han visto la luz y, según él, no la verán, como mínimo con él vivo…Me intrigaba lo que me decía, y le pregunté si sería posible ver alguno de esos dibujos; me respondió secamente y dejó de contestarme los correos durante un tiempo. Le escribí varias veces, pidiéndole que disculpara mi torpeza… Al final me respondió con una lista de citas –semejante a un enigma- que no entendí en un principio; fui investigando de qué se trataban aquellas citas y a quién pertenecían. Una de ellas la reconocí enseguida, era de Jaume Cabré, <<así que lee a Cabré>> –me dije-, las otras tardé un tiempo en descubrirlas y necesité ayuda de un par de amigos.

Citó a George Orwell, Sartre, Borges, Baudelaire, Einstein y, a Jim Parsons, en el personaje de una conocida serie televisiva del físico teórico Sheldon Cooper. Al cabo de un par de meses aproximadamente, fui a pasar un fin de semana a Vilanova, y entre las cartas que se acumulaban en el buzón -alguna factura y propaganda electoral de las últimas elecciones- había un sobre sin remitente, con una especie de grabado que no supe identificar. Al abrir el sobre encontré una cuartilla pequeña en la que decía: sorpresa. Mientras pensaba en quién y qué significaba eso, volví a meter la cuartilla en el sobre que chocó con algo que le impedía entrar, observé el interior y encontré algo parecido a un sello de correos. Al mirarlo con detenimiento pude ver que no era un sello, parecía un dibujo…Entonces me inquieté y pensé en Arturo, << ¿cómo ha sabido mi dirección?>>, me preguntaba nervioso, y << ¿será esta una de sus miniaturas?>> Busqué una vieja lupa por los cajones y observé con detenimiento lo que era una especie de ilustración llena de detalles precisos. Parecía un pasaje de la Divina comedia, quizás el purgatorio o una interpretación personal, ya que se aprecia a uno de los personajes con dos P en la frente.

Ya de vuelta en la ciudad, a los pocos días, recibí un correo electrónico de Arturo en el que me decía, que no me preocupara el que hubiera averiguado mi dirección para enviarme la carta, a parte de su trabajo de portero en Castelldefels se le daba bien la informática y, averiguar cosas como mi dirección e identidad le fue fácil. En su escueto e-mail acababa con un <<seguramente no volveremos a escribirnos, por lo tanto, suerte. >> Esta experiencia me dejó bastante inquieto durante unos días, era el segundo escritor de graffiti que elegía para hacerle unas preguntas, el primero fue un caso tan vulgar que ni tomé notas; pero este hombre, sin duda era alguien con estilo. Se me ocurrían mil cosas que hacer con sus miniaturas, se podrían publicar sin problemas, eran de una calidad asombrosa, y su decisión de acometer aquellas ilustraciones en aquel formato era extremadamente radical, parecía formar parte de otra época. Pensé en escribirle nuevamente, en proponerle mostrar sus miniaturas a un amigo que podía conseguir una buena maquetación y publicación de esas pequeñísimas obras. Pero, toda idea que me venía chocaba con alguna fuerza que me impedía cualquier acción al respecto. No he vuelto a escribir a Arturo, ni él a mí. Conservo enmarcada la miniatura.

43

Transitando por ese escurridizo pasado, recuerdo que trabajaba yo –en uno de esos tantos periodos consumidos- en un barrio de Cornellà, junto a un reducido grupo de edificios que casi había sido engullido por un polígono industrial, la Almeda. Desayunaba en un bar cercano y, un día que buscaba cobijo para fumar tranquilo, encontré una antigua distribuidora de la cerveza Damm, un inmenso edificio -aún bien conservado- con aspecto de haber sido abandonado recientemente. Me colé en el interior, y al traspasar aquellas puertas, descubrí un lugar realmente atractivo. Un conjunto de edificios se unían entre sí, la arquitectura, como se solía hacer antes, era cuidada y generosa en detalles estéticos, nada que ver en cómo se levanta actualmente un edificio industrial, feo, y con suerte, únicamente práctico. Unos grandes ventanales en lo alto permitían el paso de una luz agradable y generosa, sus muros vírgenes en seguida captaron mi atención, sin olvidar los elementos variopintos que prometían diversión. Había incluso un viejo camión de reparto que acabaría con nuestras formas en su chapa.

Mientras recorría solo aquel edificio e iba descubriendo los espacios imaginaba el uso que le habría dado en un pasado, tan reciente, que los imaginaba vivos. Restos de papeles en lo que serían las oficinas, una pizarra que no habían logrado descolgar y, aunque ya rota, se podía leer en ella algunas referencias y varios nombres propios.

Había algunas cajas de plástico en las que se envasaban las bebidas, y que nos servirían para alcanzar un poco más arriba en esas espléndidas paredes. Enseguida lo expliqué en el parque y se organizó una visita de reconocimiento. Recorrimos esas salas con la curiosidad que se despierta frente el abandono de lo ajeno, con signos evidentes de que aquella inmensa construcción, llevaba tan poco tiempo abandonado, que no costaba imaginarse la vida que albergó. Sentíamos esa sensación de hogar entre aquellos muros, tomando nuestros refrigerios mientras íbamos de sala en sala. Sus muros eran excelentes para el graffiti y elaboramos piezas coloridas sin ninguna prisa, en un escenario atractivo que quedó inmortalizado en algunas fotografías.

Ya corría el año 1995, nuestras idas y venidas se dividían en los siguientes escenarios: los *whole train* que se organizaban en Puigcerdà, los trenes rápidos en cocheras como la de Hospitalet, en la que, en días laborables hacíamos incursiones rápidas de quince minutos que bastaban para una pieza, o trenes en cocheras más alejadas que permitían hacer una pieza elaborada de buen tamaño. Y, por supuesto, celebrando los muros de fin de semana en rieras o lugares tranquilos, donde con un buen número de sprays nos hacíamos unos graffiti en los que aplicábamos, lo mejor que podíamos, nuestro estilo y expresividad.

En la mitad de la década de los noventa nuestra ubicación en la escena era la mejor que habíamos logrado tanto a nivel individual como colectivo. La relación con los integrantes de *Vueltalsol* y *Bandoleros* enriqueció en muchos sentidos el contenido y la forma, amplió nuestro círculo nutriéndolo y haciéndolo más divertido, aunque quizá no supiéramos valorarlo lo suficiente en aquel momento.

Los trenes, se posicionaron como la mayor de nuestras obsesiones que, seguidas de la fiesta alternativa condimentada de sustancias, las tardes del Jamboree, los muros al sol y nuestras charlas y risas, daban forma a una existencia nutrida de ingredientes varios.

44

En una caja de zapatos, con una etiqueta en la que se puede leer, año 1995, he encontrado una cinta de video de la que no tenía ni idea de cuál pudiera ser el contenido. Al principio pensaba que no sería mía, porque yo no tuve videocámara hasta muchos años más tarde. Pero la cinta era mía, la caligrafía del título era mía, y la cámara, del que era pareja de mi hermana mayor, que recordé que me la dejó en alguna ocasión. No tenía ningún recuerdo de qué grabé en esa cinta, ni de si estaría en buen estado, habían pasado más de 25 años. Decidí llevarla a la tienda de fotos del barrio y pedí una copia digitalizada. En un par de horas fui a recoger el DVD, aceleré el paso de vuelta a casa, entré, pero antes de introducir el DVD en el reproductor del portátil sonó el timbre. Era raro, porque no recibo visitas que no estén programadas, y los timbres del rellano rara vez suenan en estos tiempos; a través de la mirilla de la puerta pude ver que se trataba de la vecina del piso de arriba. Esperaba frente a mi puerta en una ligera bata de estar por casa, con un pijama debajo también ligero; pidiéndome disculpas por molestarme me preguntó si le podía dejar llamar desde mi teléfono al suyo, lo había perdido por casa y no era capaz de encontrarlo, no tenía teléfono fijo y se le ocurrió la idea de probar con algún vecino <<por supuesto -le respondí. >> Le presté mi teléfono y la seguí, obedeciendo su gesto. Ella llamaría y los dos pondríamos atención al tono para localizarlo, se desesperaba al pensar que al teléfono se le hubiera agotado la batería. Escuchamos un tono de llamada que iba creciendo en intensidad, cerca de mí, entre una pila de ropa y un cojín se escondía el dichoso móvil. Deseaba acabar con esa intrusión y poder ver el DVD; me dio mil gracias, llegaría a tiempo al trabajo y con el móvil. Me dijo que me debía una, que cualquier cosa que pudiera hacer…Le pedí, dulcemente, que levantara las sillas en lugar de arrastrarlas, añadiéndole que no era nada, que me alegraba de haber sido útil para localizar el teléfono.

Bajé los doce escalones que separan un rellano del otro y volví a entrar a casa, ahora, con la imagen del pijama de la vecina grabada, incluso pensando que todo aquello podría haber sido un paripé para seducirme, me crecí pensando eso, pero enseguida recibí una bofetada de realidad admitiendo lo improbable de que aquella joven se fijara en mí, que le doblaba la edad. Esto último me convenció, y me dispuse a ver el video. Escuché la puerta del piso de la vecina que se abría, me interrogué sobre qué haría si volvía a picar, miré alrededor por si tenía que ocultar alguna cosa -siempre oculto cosas antes de recibir una visita-, pero no debía dejarla pasar hasta el salón donde me encontraba, lo más probable es que sea algún gracias más y no pase de la puerta; además, llevaría ya la ropa de calle. Me preparaba para esperar el sonido del timbre, su puerta se cerró, pero el ruido de sus tacones pasó de largo. Mi ojo pegado en la mirilla me dio la razón, ya nada iba a interponerse entre la cinta y su visión.

Lo primero que uno ve al poner *play* es el suelo, un recorrido de movimientos nerviosos por un suelo de tierra levemente rojiza que, de vez en cuando, alterna con la visión de diferentes pantalones; se escucha mal el audio, pero se entiende bien lo que unas voces hablan sobre si está bien puesta la cinta o no. Los movimientos de esa cámara –no son conscientes que está grabando-, llegan a ser insoportables. <<Ah, ya está grabando>> se escucha, y a partir de ahí se restablece una calma visual, se amplía el plano, y se puede ver que estamos en el *Matacaballos*, en un día soleado y veraniego, llevamos pantalones cortos, y veo unas mochilas aparcadas en el suelo y varias litronas. La cámara repasa entonces a los presentes, imagino que soy quien grabo, porque no aparezco.

El vídeo muestra la presencia de Jose María, Toni, Salva, Alberto y Noé. El plano recorre cercano las caras de cada uno de ellos, haciendo cada cual su particular broma o vacile. << ¿A qué hemos venido aquí? pregunta una voz que, a pesar de sonarme extraña, es la mía, a cazar arañas tigre, responde Noé. >> Las mochilas se van abriendo y dejan ver colores; mecheros alumbrando la mano anuncian el rutinario canuto, que tiene como función encajar el boceto imaginariamente en el muro, esa reflexión previa a la ejecución de la pieza.

Por una mirada de Salva, detecto que alguien viene por detrás, antes de girarme ya me han intentado dar el susto, son Ramón y Ñoti, que han recibido el mensaje dejado en el bar Granada de que estábamos en el Mata. Me desquito de ellos enfocándoles la cara y preguntándoles qué se explican. Ramón, se escabulle con un chiste que no le ha acabado de salir bien, en cambio Ñoti se decide a hablar. Siempre noté -creo que solo yo me había dado cuenta- que el Ñoti, cuando iba a decir algo que le enorgullecía o que le hacía gracia, se le inflaban las fosas nasales; era un detalle curioso que estaba ocurriendo en ese preciso momento.

Liaba, con su particular maestría, un canuto que en segundos se alojaba entre sus labios y, con la primera bocanada de humo, daba comienzo su charla. Su voz era de pecho/garganta, grave, arrastrando el final de las palabras que acababan en vocal, o partiendo la palabra en dos partes alargando la sonora. <<Estos chavales –comenzó a decir-, hacen esto de puta madre, vienen aquí a pintar, son buena gente, traviesos pero buena gente; ya hace años que los conozco y hemos pasado buenos ratos. De este barrio, a pesar de lo que digan, brota muy buena gente, sí que alguien se equivoca de tanto en tanto, pero muy buena gente. Sobreviven cada uno de la mejor manera posible y yo estoy contento de haberme cruzado con ellos, los demás reían y le animaban. >> Alberto le premió pasándole uno de sus canutos que iban siempre bien cargados… Ya comenzaban a pintar, y yo, cámara en mano, me dispuse a grabar el paisaje tan exclusivo del Matacaballos.

Me acerqué al lugar donde, de pequeño, me asomaba para ver los ataúdes rotos y los atavíos varios abandonados como escombros. Ya apenas tenía que alzar los pies para ver por encima del muro, parecía que estaba en desuso y que deberían deshacerse del contenido de los nichos de otra manera. Bajé el terraplén y observé una gran pieza mía hecha ese mismo año, era muy grande. Se podían ver algunas señales de piezas antiguas que aparecían bajo las nuevas. Entonces, veo algo que me llama la atención, porque la cámara deja de enfocar, hasta que parece que recuerdo que estoy grabando y entonces me detengo en lo que he encontrado.

Se escucha mi voz preguntarse a sí misma << ¿Qué diablos es esto?>> Parece un cuaderno, una libreta hecha a mano con bastante destreza, lleva una cuerda que sirve para mantenerla cerrada; se ve desgastada aunque no debe llevar mucho tiempo allí escondida. Escucho de lejos las voces de mis amigos; le he pasado un trozo de hachís a Ramón para que se hiciera un canuto, y son suyos los gritos de que si no voy se lo fuma entero, mi voz le responde con un grito de que así lo haga. Yo, apenas podía permanecer sentado en el sofá, estaba intrigado viendo aquello que tenía en mis manos hace ya 25 años, no recordaba nada de aquel suceso y esperaba el momento en que mi yo del 95 abriera el dichoso cuaderno y enfocara su contenido.

Parece ser que en ese momento yo estoy abriendo el cuaderno y mirándolo, la cámara enfoca un montón de malas hierbas en primer plano, la he dejado en el suelo mientras ojeo el cuaderno…Entonces se escucha: <<¡No puede ser!>> que me pone en tensión. ¡Coge la cámara –le digo entre dientes a mi yo del pasado- y graba lo que estás viendo! ¿Por qué no lo grabas…?.>> Se deduce que he tenido que guardar el cuaderno rápidamente, por el ruido y por el hecho de que vuelvo a coger la cámara y filmo las paredes; es Ramón que viene a tenderme el canuto que le había dicho que se acabase. Me pregunta que qué hago ahí, le doy largas diciéndole que pruebo la cámara. Se ve entonces que volvemos, el resto ya ha avanzado sus piezas y yo no sé por qué les digo que no pintaré, que me voy a casa un momento, que he recordado que tenía que ir con mi madre a un sitio…Se escuchan las protestas de Alberto y Salva, pero ahí la cámara deja de grabar.

En ese momento, me levanto del sofá y miro el portátil buscando el motivo de la pantalla en negro y, mientras me pregunto si le ocurre algo al DVD, la imagen vuelve a aparecer en la pantalla de mi ordenador. Me quedo de piedra, es mi habitación la que se ve ahora en la pantalla, he podido ver fugazmente las fotos que colgaban en mi cuarto, las que perdí, las que envió al contenedor mi madre; también se ha visto un poco el patio, con las plantas de mi difunta abuela. Son movimientos de cámara imprecisos, que forman parte de la preparación, parece que he colocado la cámara en un trípode, ahora graba, estática, mi escritorio. He podido ver algunos de mis materiales por allí. Estas imágenes tan cotidianas que estoy viendo me mantienen conmocionado unos instantes. Parece que esté presenciando una incursión clandestina en mi propio pasado, un viaje en el tiempo.

Aparece el cuaderno sobre el escritorio, es de color verde, se ve antiguo pero bien conservado, es impresionante su elaboración casera, realmente está muy bien hecho. Se me escucha dirigirme a la cámara <<No sabéis lo que reposa sobre mi escritorio ahora mismo, he encontrado algo increíble. >> En ese momento no puedo ya permanecer sentado, se ve escrito en la primera página: Miguel Torres Hedra, *El Señor del Tiempo* 1986. El corazón me va a mil por hora, las preguntas que me hago a mí mismo y a mi yo del año 1995 son muchas pero, la que se repite en mi cabeza es ¿Cómo he podido olvidar que había pasado esto? ¿Esto ocurrió realmente? La cámara sigue filmando y con un gesto rápido le doy al "pause" congelando la imagen de una hoja del cuaderno escrita con una caligrafía impecable.

<<*El maldito caballo va a acabar con todos, parecen espíritus tenebrosos deambulando por las calles, no los reconozco, la pérdida es demasiado dolorosa. Todos se suben a ese tren, en el que parece que el tiempo se detiene y les ofrece algo mejor a lo que encuentran por aquí. Estos muros del cementerio guardan demasiados amigos que han cabalgado por un engaño con final trágico. He pensado en intentar revertir la situación realizando una pintura santificadora en estos muros traseros del cementerio. La llamaré, El señor del tiempo, porque lo que les han robado a muchos es el tiempo.*>> Temblaba de emoción, mi mente iba a estallar por las preguntas que me hacía a mí mismo sobre este vacío en la memoria, justo este, que me ha intrigado siempre y al que últimamente le he dedicado muchos pensamientos. Antes de darle al "*play*" de nuevo, pienso en buscar el nombre de Miguel Torres Hedra en internet, pero me pierdo en pensamientos que intentan descifrar el motivo que me hizo olvidar aquel cuaderno. Me parece raro ese vacío en la memoria, pero después me digo a mí mismo que, hace tan solo unas semanas, un amigo me envió las imágenes de dos trenes pintados por mí cuyas fotografías había perdido hacía muchos años; uno de ellos no lo recordaba, como si no fuera mío, no tenía recuerdos ni de la noche, ni del viaje a Figueres -que es donde se hizo-, ni de los acompañantes.

Valoro la posibilidad de llamar a Salva, explicarle lo de la grabación, sin desvelar lo del cuaderno, y preguntarle si recuerda aquella mañana en el Mata. Marco el número y le llamo. Le intento poner en situación describiéndole las piezas, lo del Ñoti, que rara vez nos acompañó a pintar…Se acuerda bastante bien de aquel día, y para intentar hacerme recordar, me explica que, aquel mismo día, por la noche, saliendo del parque nos cercaron dos coches de la policía; me explica detalles desordenados como la navaja que llevaba Alberto encima y que el policía le dijo que eso no era una navaja, mientras le enseñaba una que él mismo llevaba en el coche, mucho más grande. Pero lo más relevante, es que yo llevaba una piedra de hachís encima, y para evitar que me la encontraran me la metí en la boca y, creyendo que me habían visto, me la tragué. << ¿De eso te acuerdas?>> me dijo mi amigo,

<<claro, claro que me acuerdo>> y era así, pero cómo había perdido todo recuerdo referente al cuaderno, era un misterio-, mientras mi mente ya barajaba la posibilidad de que, el estado al que me llevó la ingesta de aquella piedra fuera la culpable de la pérdida de memoria de lo que pasó aquel día. Pero, ¿y el cuaderno, qué explicación tiene la desaparición del cuaderno?

Di las gracias a Salva por su retención de pasajes. Supongo que el cuaderno lo guardaría sin recordar dónde, y, si algún día apareció, yo no estaba; mi madre quizá lo lanzó a la basura, como en otras ocasiones, cuando abandoné mi habitación.

En la pantalla aparecía ante mí la imagen congelada, que aún estaba en pausa, le doy al *"play"* y avanza la película con otra página del cuaderno en la que se ve un esbozo rápido del mural de *El señor del tiempo*, se observan anotados los colores; también hay un dibujo de lo que parece ser un artilugio que hace de alargo para las brochas. La siguiente página vuelve a mostrar otro esbozo mejorado del mismo dibujo. No salgo de mi asombro, todo lo que he ido imaginando se ve superado por este documento encontrado.

La siguiente página contiene una lista de nombres, exactamente nueve nombres; me llega el pensamiento de que los propietarios de esos nombres ya no se encuentran entre los vivos. Se vuelve a pasar página y se ve otro escrito que dice: << *Ya todo está preparado, no lo sabe ni Joaquín. He decidido marchar a Granada con mi tía, al día siguiente de acabar la pintura me iré. Se lo he de decir a Joaquín, sé que eso le pondrá triste pero no hay marcha atrás. El señor del tiempo será mi epílogo.* >>

Las siguientes páginas solo contienen manchas amarillentas del paso del tiempo. ¿Este cuaderno, llevaba escondido en aquella ranura de la pared desde 1986, o lo dejó alguien más tarde? Quizás Joaquín recibió el cuaderno cuando Miguel se marchó a Granada y por algún motivo misterioso lo dejó bajo la pared donde estuvo *El señor del tiempo*. Mientras repaso las hojas escritas del cuaderno y vuelvo a mirar los dos esbozos, me vienen ideas de cómo aprovechar esos documentos para utilizarlos en lo que estoy haciendo; este relato, que de alguna manera ha pretendido rendir homenaje a aquella pintura.

45

El parque recibía visitas a diario, el fin de semana seguían siendo especialmente numerosas. Las visitas eran, en algunos casos, de escritores de recorrido que ayudaron a mejorar el nivel y aportaron frescura. Una oscura tarde de esos suaves inviernos de Barcelona un tren paró frente al parque, paró de manera brusca y donde no tenía que hacerlo –quedaban cerca de dos kilómetros hasta la cochera-, en un par de minutos descubrimos que se trataba de dos de los nuevos colegas que, para evitar caminar desde la estación hasta el parque, tiraron de la palanca de emergencia que frena bruscamente el tren y que obliga al conductor a averiguar en qué vagón se ha tirado de ella y anular el paro. Esta maniobra nunca se nos había ocurrido a nosotros y creo que tampoco era de nuestro estilo, siempre caminamos aquella larga distancia.

El parque, se convirtió en lugar de peregrinación para otros escritores de graffiti venidos de otros lugares de la península y también de otros países. Nuestro protagonismo en las líneas de ferrocarriles nos llevó a aparecer en algunos fanzines nacionales e internacionales. Puigcerdà era nuestro secreto, pero se empezaba a correr la voz de que allí se estaban haciendo esos vagones tan ambiciosos con tranquilidad. De alguna manera se prohibió subir a Puigcerdà y se optó por invitar en cada una de las incursiones a miembros de *Bandoleros,* que a su vez, compartían algunos de sus secretos con nosotros.

Teníamos por costumbre llevar a cabo una especie de ritual en esas noches tan especiales que se daban en la estación de Puigcerdà. Cuando estábamos dando los últimos retoques al vagón y, por lo tanto, nos quedaba muy poco para ir de vuelta al campamento del bosque, nos metíamos en la boca un trozo de ácido, un *tripi* escogido para la ocasión. Cuando hacíamos aquellas desmesuradas acciones en la estación de Puigcerdà no se trataba únicamente de pintar, se convertía en un célebre acto que intentábamos organizar bien, en el que no faltaba ni bebida ni comida, ni por supuesto hachís. Horas antes, habíamos acampado a unos cinco kilómetros de la cochera en medio de un bosque en el corazón del Pirineo, allí plantábamos las tiendas y recogíamos algo de leña para más tarde calmar el frío. Entre la una y las dos de la madrugada nos dirigíamos sigilosamente hacia la cochera, con los sprays ya bien agitados en las mochilas. Tras acabar el tren, encendíamos el fuego y los síntomas del ácido no tardaban en ser visibles, la paranoia se apoderaba del grupo que, bajo un frío intenso, iba pasando la noche bajo las copas de esos árboles junto a un pequeño y nervioso arroyo.

Encontré un viejo cuaderno en el que escribí algunas notas sobre esas salidas, lo único que me ofrecieron aquellas bochornosas y torpes líneas fue algún dato de lo ocurrido aquella noche, pero con tan poco acierto que he tenido que interpretarlos y casi traducirlos por su penosa factura. No tuve ni la ocurrencia de anotar la fecha, pero deduzco por algunos datos que era alrededor de febrero y un paralizante frío nos helaba el aliento.

En medio de ese viaje de ácido y con el fuego apagado por desatenderlo, se vieron imágenes de varios de los presentes inmersos en un delirio colectivo, agarrados a un leño que había dejado de arder pero que estaba aún caliente... Aquello nos calmaba el frío y por eso varios pares de manos se enredaron en él; uno de los que tenía las manos aferradas al tronco, viendo la escena y recibiendo quizá una cierta dosis de lucidez, lo soltó de repente como si quemara, lo soltó porque por un momento fue consciente de la imagen en la que participaba, la de cuatro personas aferrándose a un tronco en medio de ese aquelarre.

Esas reacciones eran frecuentes yendo de ácido, la mente desdibuja la realidad, la redimensiona y altera de tal forma que deambulas por algo parecido a los sueños, con algunos sentidos mermados y otros desarrollados. La escarcha se extendía por nuestra ropa como hongos y situaciones como la de intentar cruzar aquel riachuelo provocaron escenas que, de haberse encontrado alguien en su sano juicio observando...En el margen de aquel arroyo, seis o siete de los allí presentes, agrupados con la intención de cruzar; no recuerdo el motivo por el que queríamos pasar al otro lado, quizá acercarnos a la vía del tren que a menos de medio kilómetro pasaba dirección Le Tour de Carol. Desde la estación de Puigcerdà, antes de iniciar su viaje dirección Barcelona/Hospitalet, el tren subía atravesando la frontera en busca de algún pasajero. Lo cierto es que, mientras nos apelotonábamos al borde de aquel río, observándolo con recelo, desconfiando de nuestras capacidades para saltar al otro lado, Toni lo hizo, el dio el salto consiguiendo llegar a la otra orilla. Y volvió a originarse otra de esas situaciones, la de uno siendo observado por el resto, con lo que eso comportaba bajo los efectos de esa sustancia…El río que parecía inabarcable, a la luz de la mañana y con la mente más clara no era más que un riachuelo asumible para una enérgica zancada, una insignificante barrera que con un mínimo impulso se podía cruzar.

En medio de esa atmosfera de sonidos alterados, risas quebradas y pasajes extraños el silbato de un tren nos puso en alerta; ante nosotros, y bajo esas primeras luces borrosas de la mañana, apareció nuestro *whole car* pintado ofreciéndonos una imagen mágica, distorsionada y conmovedora, pero a la vez, asustándonos y provocándonos una paranoica inseguridad, como si de un momento a otro nos fuéramos a ver rodeados por policías. Eso no ocurrió, poco a poco fuimos recuperando la cordura y preparándonos para la vuelta, retirando sin mucha eficacia cualquier posible mancha de pintura de nuestras manos y ropa; abandonando -cometiendo así un crimen ecológico- los botes sobrantes para no llevar con nosotros prueba que nos inculpara. Volver a la estación donde horas antes se había cometido el gran baile de colores y formas era la última y peligrosa prueba que restaba por hacer. En la estación ya no quedaba rastro de nuestra intervención, nada que sugiriese que allí se había cometido aquel desenfreno de pintura. Un viaje de tres horas de vuelta nos permitiría descansar de la endiablada noche pasada.

46

Releo en múltiples ocasiones lo escrito en estas páginas, deben ser cientos de veces las que he viajado por estas líneas aprobando o desaprobando el contenido o la forma. Lo cierto es que, en este espacio en el que nos acercamos a las grandes gestas, a los trenes y muros que muestran sus mejores formas, también se pierde aquella inocencia que contenía una particularidad especial. Ya he manifestado este sentimiento en algún momento del relato. Muchas de las situaciones que observo en los diferentes espacios donde se aloja el graffiti me lleva a pensar que también hay otros que están mirando hacia atrás. Son varios los ejemplos que me encuentro, tanto de personas como de contenidos, que se trasladan a esos iniciales años. Es posible que se trate de un efecto embudo, en el que mi mente me haga ver a través de un filtro en el que destaca solo aquello que atañe a lo que estoy haciendo.

Seguir hasta darlo por acabado, ocuparse de llegar al final. Las cosas nunca tienen un final concreto, un nuevo desenlace quizá, pero el final es algo abstracto. No somos capaces de dotar de final ni a nuestra propia muerte. Y, se supone, que este narrar que navega por el tiempo pasado ha de encontrar un final de línea, la última parada en la que el maquinista recorre a la inversa el convoy para invertir la dirección de la marcha. Yo me comprometo a llegar a la última estación, aquella que dije que comprendía un total de cinco años. Ya estoy en aquellos momentos en que los trenes parecían nuestro sabor más deseado. Ya he narrado algún episodio en la cochera de Puigcerdà, aquellas ácidas y excesivas noches…También, hace unos días emprendí como parte del acto de recuperar pasajes de la memoria, el restablecer contacto con algunos de los protagonistas de aquellos joviales años. El resultado, ha sido el de pertenecer a un nuevo grupo de *whattsap* en el que apenas se ha dicho nada interesante, llegando a un mutismo del que me siento responsable. Apenas tengo nada que decir. Y es que, a pesar de este ejercicio de volver atrás, me he alejado a una distancia irrecuperable.

Tras estas nuevas líneas escritas, he hecho una pausa para tomar un café. Lo he tomado en la terraza, desde la que observo el ritmo de las aún tempranas horas de este domingo en el que me he levantado muy pronto. Apenas eran las siete de la mañana cuando abandoné el catre molesto por una pesadilla que parecía no tener fin, que ya horas antes había conseguido despertarme inquieto. Aprovecho este prematuro despertar en el que S y G duermen y yo puedo recorrer las teclas de este -cada vez más viejo- portátil, del que temo que en cualquier momento exhale su último suspiro.

Los pertenecientes a diferentes tipos de aficiones van apareciendo por las calles, los ciclistas, corredores, caminantes urbanos y, un grupo de pijos que en lujosas motos BMW, se han dado cita para recorrer su estúpida ruta que posiblemente les lleve a un lejano restaurante. Me agotan las aficiones que conllevan tanto equipamiento, que apenas tienen sentido si se las saca de su concreto contexto en el que existen.

Quizás, el graffiti es para el resto algo parecido, un sinsentido que azota el paisaje. Pero el graffiti es tan antiguo como la humanidad. ¿Qué eran las pinturas rupestres, qué necesidad tenía aquel salvaje humano de pintar las cuevas? Posiblemente eso mismo, necesidad de afirmar la propia existencia, el "yo estuve aquí..."O los graffitis de la época romana que aparecían clandestinos y se exhibían en los baños públicos provocando al observador; muchas culturas se han servido de signos o símbolos, en ocasiones codificados, que les afirmaban como sujetos o grupo, y que les situaba en su entorno.

47

Aquellos enormes monstruos de hierro que llevaron en sus costillas nuestras formas y colores llegaron a ofrecer una calidad plástica notable. Esa actividad nos ofrecía una posición favorable en la escena, porque los trenes –por su riesgo- eran los desafíos que más prestigio daban. Todos contaban sus trenes pintados en una lista en la que, los *wholecar* se contaban aparte.

Este ajetreo de incursiones de riesgo se alternaba con plácidos días de parque, de bar Granada, donde con un bolsillo con más recursos cenábamos aquellos generosos bocadillos a la carta para alargar la convivencia. Jugábamos a los dardos, llegando a tener cierta destreza observando la técnica de los integrantes del club de dardos. Aquel bullicio que se formaba en el bar Granada los días de torneo de dardos, en los que se mezclaba el equipo visitante con el local, sumándose el cliente habitual y nuestra numerosa y provocadora presencia, ofreciendo la imagen de una postal grotesca ya extinguida.

Aún éramos jóvenes, y quedan cosas por narrar de esos cinco años que dije que me ocuparía. Ya las líneas describen los pasajes finales, ese año noventa y cinco en el que a nivel plástico nuestro graffiti ofrece una calidad considerable y que pone fin a este recorrido.

En lo referente al bombardeo de calles las piezas rápidas con gran desenvoltura se escampaban con ambición. Los trenes, logran ser muy efectivos por la combinación de habilidad y rapidez. Queda alguna noche en Puigcerdà, concretamente, queda la noche en la que se hizo el que algunos consideran el mejor; un *whole train* en el que integrantes de 507 y *Bandoleros* nos unimos para llenar completamente un tren y dos vagones del otro. Quizá fue el más ambicioso, posiblemente el más elaborado. Raúl, Toni y yo nos ocupamos de un vagón entre los tres. Con un mismo color de fondo y dos personajes de Toni, un policía que perseguía a un escritor de graffiti. Las piezas de Raúl y mía eran enormes y compartían relleno y trazo del mismo color. El resultado fue de una belleza impar. El otro vagón, llevaba piezas de gran calidad aunque por libre, sin un fondo común, lo que les daba un aspecto más salvaje, aunque espléndido. Lo que hacíamos, desfiguraba la imagen de aquellas masas de hierro, las convertía en otra cosa, en una obra andante, solo pintura, sin ventanas ni puertas visibles…Aquellos vagones aparecieron en numerosos magazines nacionales e internacionales dotándonos de popularidad. Y, como era de esperar, Puigcerdà se quemó.

Tras las numerosas y contundentes actuaciones y tras la última especialmente, decidimos volver a probar. No recuerdo qué intenciones llevábamos en cuanto a diseño, solo recuerdo que, mientras caminábamos en la oscuridad, acercándonos por las vías a la estación, con nuestros sigilosos pasos y nuestras pesadas bolsas de sprays, los focos de esta se encendieron acompañados por luces de sirenas. Aún no habíamos llegado a tocar el tren, ni lo tocaríamos; salimos corriendo como se corre en esas situaciones, salvajemente, con la única intención de alejarse del perseguidor. La fuga discurría por las vías, con alguna caída provocada por hierros que atravesaban de un lado a otro de los raíles, corriendo sin saber quién tenías al lado y con la policía intentando estrechar el cerco. Conseguimos llegar al bosque, dispersos por las direcciones que cada uno eligió y con la respiración y el corazón acelerados, sin aliento y asustados por ese macabro recibimiento. Se acabó Puigcerdà, se dieron fin a aquellas noches ácidas, aquellos largos viajes desde la periferia a esa acogedora estación que nos brindó poder hacer todos aquellos magníficos trenes, correr aquellas aventuras, vivir esas noches tras haber conseguido el objetivo.

Aunque, después de todo, únicamente se había quemado una cochera, quién sabe si algún día podríamos volver. Nuestro radio de acción era mayor, se empezaron a dar situaciones como las de hacer algo parecido a unas vacaciones donde el objetivo era ir a pintar trenes. En el marco festivo de las navidades nos desplazamos a Valencia con la intención de hacer algunos trenes en cocheras alejadas. Hicimos el viaje en tren, con sprays como equipaje y siguiendo la ruta que Santi -uno de los nuestros y quizá el más ansioso *"trenero"*- había estudiado. Desde la estación de Valencia cogimos un tren regional para desplazarnos hasta las afueras, a un pueblo rural pequeño donde, tras un breve refrigerio para hacer tiempo, nos dirigimos en busca del tren que dormía en una especie de apeadero.

Siendo aún temprano para empezar y con muestras de frío y sueño evidentes, decidimos entrar en el tren y descansar un buen rato antes de comenzar. Parecíamos normalizar una situación bastante atípica haciendo alguna broma en el interior de aquel tren a oscuras, imitando a un revisor cojo y con cierta sordera que pedía el billete a pasajeros inexistentes. Allí, en medio de la nada, con nosotros como pasajeros de aquel tren fantasma.

Tras las risas nos relajamos demasiado, cometiendo la imprudencia de quedarnos dormidos; por suerte no tuvimos que lamentarlo y nos hicimos unas grandes piezas tipo *whole car*, teniendo la suerte de poder fotografiarlas con la luz del día. Era fácil perder la foto de un tren en unas líneas que no conocías bien y por las que andabas de paso.

Cada salida a pintar trenes era una aventura, quizá era lo que nos provocaba la adicción. Sin lugar a dudas, el coleccionar trenes pintados en el repertorio ofrecía un *status* que también muchos querían alcanzar y conservar en su álbum. Aunque me quedo con la lectura que desde la distancia se nos ofrece, y no es otra que, lo maravilloso de ese soporte que se desliza por los raíles, esa gran pintura que a la vez transportaba personas de un lugar a otro en su interior, quizá, el medio de transporte con más atractivo.

Y ahora, sin un motivo que enlace lo anterior con lo siguiente, anoto aquí un párrafo de Lichtenberg que leí ayer antes de dormir y en el que me detuve a reflexionar durante unos instantes placenteros que no he podido quitarme de la cabeza. No me hizo falta señalar la página con un *post-it* o punto de lectura, mucho menos el doloroso pliegue en la parte superior. Me estoy releyendo de forma desordenada su libro, desordenada porque abro por donde intuyo que trata algún tema que me viene de gusto, me oriento muy bien con ese sistema. Con las lecturas que me han conmovido, aquellas que me han desajustado provocando que me zambullera nuevamente en ellas, acabo utilizando ese sistema de recorrer de nuevo las páginas por aquellos pasajes que en cada momento necesito.

El párrafo comenzaba con una reflexión del autor donde se pregunta lo que diferencia al gran genio del gentío común. Ofrece algunas observaciones que me impresionaron por su acertada descripción, como en la que dice: << *El individuo común está siempre conforme con la opinión y la moda dominantes, considera la situación en que todo se encuentra ahora mismo como la única posible, y se comporta de una forma paciente con todo* -O esta otra- *Nunca da su voto sin reflexionar. He conocido a un hombre de mucho talento cuyo sistema mental, así como su mobiliario, se distinguía por un orden y utilidad especiales. En su casa no admitía nada cuya utilidad no viera clara; adquirir algo únicamente porque otras personas lo tuvieran le era imposible* -Y seguía- *Se ha decidido sin contar conmigo que esto tenía que ser así, tal vez se habría decidido otra cosa si yo hubiera estado presente.* >>* Lichtenberg me tiene ocupado estos días, la dificultad que me supone comprenderle hace que lleve con su libro varias semanas, ya empezamos a intimar un poco ¡y cómo me hace reír!

Hace unos días pudimos ir a Vilanova y pasar el fin de semana allí. A parte de reencontrarme con el paisaje, con la casa, con algunos vecinos locales y oxigenar espíritu y mente, tenía como propósito buscar entre los documentos de graffiti, tanto de S como mío, aquello que sirviera para ofrecerme algún dato que ayudara en lo que estoy haciendo; también para enviar material fotográfico de los inicios del grupo MSC, que contará con un capítulo en un libro que se está elaborando sobre la historia del graffiti en Barcelona. Encontré bastantes cosas interesantes, fotos reveladas en papel que no recordaba y que garantizan una resolución buena, y que servirá para poder construir ese espacio dedicado al grupo de mis inicios.

Se me ha trasladado el interés por dedicar un capítulo al grupo formado exclusivamente por chicas, entre las que se encontraba S, la cual dispone de muchas imágenes y esbozos de la época de las *Vueltalsol*. S se relacionaba con muchísima gente de la movida, hay centenares de fotos en las que aparecen escritores de graffiti de aquí y de allá. A veces, cuando veo esas imágenes o las muestras de cariño que recibía expresadas a través de bocetos o cartas, siento una envidia sana. Me alegro mucho por ella y lo lamento por mi parte. Me refiero a la actitud que me limitó y me encerró en mí mismo –cosa que les pasaba a la mayoría de mis amigos-, perdiéndome esa interacción debido a ese hermetismo o incapacidad.

* Aforismos, de Georg Christoph Lichtenberg. ©Ediciones Cátedra, de la traducción de Manuel Montesinos 2009.

48

El relato ha quedado en aquel momento en el que se encendieron las luces de la estación de Puigcerdà. Pero hoy hace mucho calor incluso para la tarea de recordar. Y, ha muerto Juan Marsé, acabo de enterarme al ojear las noticias sobre el estado de confinamiento en el que está la comarca en la que vivo, con la esperanza de encontrar una buena noticia me he topado con la muerte de Marsé. No he leído nada de él, en la estantería de casa hay un ejemplar de su novela Ronda de Guinardó.

Hay escritores con los que simpatizo sin haber leído nada de ellos, me pasa con Mendoza, aunque de este sí leí una de sus novelas, no recuerdo cual. Monzó es un caso parecido, he leído solo un libro suyo y unos cuántos artículos. Pero hoy hace mucho calor incluso para recordar qué títulos. Me apetece releer a Montaigne, sus ensayos.

Y, mientras decido cómo acabar, dónde poner fin a esas historias que ocurrieron durante ese periodo de tiempo que marqué como espacio, esos cinco años de reluciente juventud, me han ido llegando estos pensamientos a la cabeza, lo de Marsé, que era autodidacta… ¿Alguien cree en los autodidactas? Hay quien dice que son personas que pueden parecer obstinadas, empeñadas en hacer las cosas por su cuenta y, para que se respeten sus méritos se han de esforzar muchísimo más. Yo soy autodidacta en exceso.

Estoy leyendo a un alemán del que nada sabía, de las pocas veces que he comprado un libro sin tener ninguna referencia sobre él, van dos alemanes seguidos. Tan solo la editorial, el supuesto buen criterio que le otorgo a la editorial, en este caso libros del Asteroide, ha sido suficiente para correr el riesgo.

Walter -solo recordaba que el autor se llama así, Walter, he tenido que ir en busca del libro para mirar su apellido-, Kempowski; sentí curiosidad después de leer sus datos biográficos en la solapa. Tras acabar la segunda guerra mundial él y su madre quedan en diferentes Alemania, el hijo al Oeste y la madre bajo el control soviético del Este. En una visita a su madre lo detienen y lo acusan de espionaje, le condenan a veinte-cinco años, de los que cumple ocho y es liberado.

Por Georgenhof -así se llama la finca donde se suceden las situaciones que toman forma en la novela y, donde residen una mujer y su hijo junto a la *Tiíta*, una mujer mayor y enérgica que se encarga de que todo ruede- van pasando diferentes personajes que animan los fríos e inciertos días que viven los protagonistas. Los "*Von Globig*" son gente de la aristocracia funcionarial, con acceso a comodidades y algunos privilegios incluso en plena segunda guerra mundial, con una Alemania a punto de ser derrotada.

Cuando muere un escritor, sus libros suelen recibir un empujoncito en las ventas, casi igual que cuando se le dota a su obra de un premio significativo. Las editoriales corren a reeditar algunos de sus títulos.

49

¿Y, cómo siguieron los acontecimientos de aquellos días tras la claudicación de Puigcerdà?

Siguieron los trenes y también los muros, ya nadie nos podría arrebatar lo hecho. En el verano del año 1995 organizamos unas vacaciones con el objetivo de pintar trenes, de hecho, la mayor parte del equipaje eran sprays. Elegimos Murcia como destino, nos estudiamos con antelación las posibles cocheras donde dormirían trenes. Éramos cuatro, Jose de *Bandoleros*, Eli y S, integrantes de *Vueltalsol,* y yo.

Un interminable viaje en tren nos llevó hasta Murcia, doce horas o más de recorrido que nos permitió elevar a otra dimensión nuestra relación. Recuerdo vivir aquel viaje de ida con la excitación propia de un niño, contento, incluso me sentía afortunado de tener tantas horas por delante. Llevábamos hachís para amenizar la existencia, como siempre, aunque únicamente Jose y yo fumábamos.

No es un viaje fácil de explicar, porque, entre otras cosas, en él se dan los acontecimientos que harían que tres de los cuatro que fuimos no volviésemos a pintar un tren jamás. Nada apuntaba que aquel viaje tuviera otro final que no fuera el de alcanzar nuestro objetivo; de hecho empezó más que bien, con un primer tren realizado con tranquilidad en Llorca -que se encuentra al sudoeste de la capital-, bien elaborado y detallado, con buena foto hecha con luz de día, de la que hoy podemos presumir.

Noches de hostal barato, con su cenita económica previa y el placer que aporta esa sensación de libertad e independencia, aumentada por el hecho de tratarse de una ciudad desconocida.

La ciudad estaba con restricciones de agua y soportando unas temperaturas que para nosotros eran excesivas, hacía un calor durísimo. Apenas nadie caminaba las calles hasta oscurecer, nosotros sí lo hacíamos, no podíamos mantenernos encerrados en aquella pensión en la que nos hospedábamos, así que, tras jugar unas cartas o hacer unos bocetos después de la comida, nos disponíamos a recorrer esas calles extrañas. La cuarta noche viajamos hasta Águilas, visitamos e inspeccionamos la cochera donde hacer el tren ambicioso, el que creíamos que nos permitiría unas horas de dedicación, por el que habíamos hecho ese largo viaje. Águilas era un pueblo costero atractivo, pero nosotros nos centramos en vigilar unas horas la cochera, ver en dónde quedaban situados los convoyes que dormían en ella, y decidir sobre las cuatro necesidades que debíamos cubrir para conseguir nuestro objetivo.

Muchas de las cosas que ocurrieron en Murcia las intenté olvidar, porque en aquella estación, mientras disfrutábamos de aquellas horas de elaboración en la que cada uno de nosotros se había podido hacer una pieza por todo lo alto, todo se torció, quizá por el exceso de confianza, por ambicionar más y más grande, por la imprudencia…Pintamos durante más de dos horas, centrándonos en los detalles, haciendo uso de la amplia gama de colores, sin escatimar el empleo en la elaboración.

Una sombra al acecho. Una sombra se dirigía hacia nosotros. Sí, era real, aunque nuestro cuerpo y mente tardara en discernir y alertarse a sí mismo. Esa sombra venía a por nosotros y el propio susto de lo inesperado tomó forma de fuga, de huida desesperada que no tuvimos la ocurrencia de planear ni de estudiar…La sombra se deslizaba entre los raíles con una velocidad asombrosa. Yo corrí, imaginando que él correría, que ellas correrían. La noche lo cambia todo, cambia el escenario y no únicamente son pardos los gatos. Yo corrí, y cuando pude mirar atrás nadie me seguía, seguí corriendo por lo desconocido. Aquel era un entorno de colinas suaves con vegetación escasa, sin urbanizar y evidentemente sin iluminación. Durante un buen rato no se veía nada, y no consiguieron verme. Me alejé cada vez más hasta estar seguro de que me encontraba a salvo, aunque solo. Nadie había seguido mis pasos.

Bajo los efectos de la ansiedad y el miedo, las dudas se multiplicaban, me preguntaba dónde estaban mis amigos y si estarían bien. Habíamos dejado las mochilas -con todas nuestras pertenencias- escondidas entre un espeso follaje, a lo que se añadía la preocupación de si encontraría el lugar, si estarían donde las dejamos. En aquel momento pensaba que lo habíamos descuidado todo y que la planificación había sido un desastre, me preguntaba cómo habíamos sido capaces de abandonar nuestras pertenencias escondidas entre unos matorrales en un lugar extraño y por qué no diseñamos un plan de fuga.

Tras recuperar el aliento y avanzar la madrugada, las primeras luces me ayudaron a reconducir los pasos y situarme un poco. Tomé la dirección hacia donde creía que estaban las mochilas, allí estarían ellos, seguro que allí me esperaban mis amigos. Cuando me acercaba al lugar donde se encontraba escondido nuestro equipaje vi a Jose, nos vimos y mi alegría fue muy tenue, aunque fue alegría. Preferiría haberme encontrado a las chicas, porque me sentía fatal por esa huida desordenada. En aquel momento yo estaba enojado con Jose, fue él quien se excedió con el tiempo, fue él el imprudente. Ya todos habíamos acabado hacía rato y él quiso hacer su pieza más grande y buscó elementos para elevarse y poder llegar más arriba. Llevábamos rato exigiéndole que nos marcháramos, amenazándole que nos íbamos y sus súplicas de que esperáramos nos arrastraron al encuentro con la Sombra.

La Sombra no estaba sola, se unieron a él agentes de la guardia civil que pusieron patas arriba la estación. La Sombra llegó un par de minutos antes, quizá segundos antes, no lo sé, quién lo sabe. Se encontró esa desordenada huida, eligió una presa, y eligió a S, ella fue la escogida por la Sombra, por el guardia jurado velocista que sin excesivos problemas atrapó. Eli, al ver a su amiga atrapada se lanzó hacia él, insultándole, le agarraba pidiéndole que soltara a su amiga enfrentándose a él... Algo ocurrió en ese momento, algo se quebró en la mente de Eli que a partir de ahí ya no fue la misma, ni sus actos, ni su expresión, ni su voz...Jose y yo recuperamos el equipaje y nos mantuvimos escondidos esperando que ellas aparecieran por allí. Estaban sin dinero, sin ropa y arrestadas en la comisaría de aquel lejano pueblo. Aunque nosotros nada sabíamos de su arresto, y manteníamos la esperanza de verlas aparecer por alguno de esos caminos, pero por allí no apareció ninguna de ellas. Con aquel equipaje a cuestas y Jose destrozado por la situación intenté lograr centrarme; convencí a Jose de que debíamos reaccionar, porque él, había entrado en un estado de culpabilidad en el que únicamente balbuceaba frases en las que lamentaba el desenlace producido.

Propuse que debíamos buscar una pensión para dejar aquellas voluminosas y sospechosas mochilas y tratar de averiguar el paradero de nuestras amigas. Comenzamos a tener la sensación de que la policía nos buscaba, veíamos constantemente coches patrulla; ya nos habíamos duchado y cambiado de ropa, no llevábamos mochilas a nuestras espaldas y empezamos a pensar cómo obtener información sobre el paradero de nuestras amigas.

Nos arrastrábamos por las calles, sin una sonrisa, sin ganas de hacer nada que no fuera encontrarlas. Aquel pueblo costero vivía su temporada de verano con el desenfrenado turista que consumía y disfrutaba de la oferta ajeno a nuestro estado de ánimo, no fuimos capaces de fumarnos ni un solo canuto. Como almas en pena, aquel escenario de alegría y excesos nos afectaba aún más, deberíamos parecer dos fantasmas a los que probablemente ni vieran. Hicimos llamadas a Barcelona, a nuestros amigos, por si habían recibido alguna noticia, aunque sus voces sonaban extrañas e inútiles; llamamos a hospitales, incluso tuvimos la imprudencia de llamar a alguna comisaría. Tras tres días sin noticias y sin más ideas para dar con ellas, decidimos ir a Murcia, volver a la capital, para retomar el tren que nos llevara a casa. Desesperados, silenciosos, con todo aquel equipaje a cuestas que nos daba forma de tristes penitentes recorriendo nuestro particular purgatorio. Estábamos a punto de abandonar aquel lugar maldito, aquella ciudad que se veía obligada a restringir el agua a sus habitantes. Y así, sin más, en una de las calles del centro de aquella infernal ciudad, la vida nos brindó el encontrarnos con nuestras dos amigas. La alegría nos fundió en un abrazo que ni mi timidez pudo contener. Dábamos saltos de alegría y nuestras preguntas y exclamaciones se solapaban en unos primeros minutos de nervios y excitación. Ahí, sin aún ser consciente de ello, me enamoré de S. Desde aquel momento supe que quería pasar mi vida junto a ella.

Se hospedaban en una pensión de mala muerte, donde les habían dejado dormir a cambio de hacer algunas tareas y mientras esperaban un giro postal con algo de dinero. Eli se había encargado de pactar con el propietario de la pensión. Pasamos una noche en aquel tétrico lugar, ellas pudieron recuperar sus pertenencias, iban con la misma ropa que la noche de la Sombra, recuperaron sus billeteras y acordamos darnos un respiro antes de volver. Los problemas respecto al tren se sobrellevaron mejor en compañía. Eli y Jose se acercaron, pasaron la noche juntos en aquella habitación. Él, aún arrastraba su sentimiento de culpabilidad y ella no era la misma, cosa que iba acumulando en mi mente preguntas que no me atrevía a realizar, o que ni sabía formular. Eli había sufrido un cambio que llevó a su mente a latitudes complejas y que no entendíamos, estaba en otra dimensión.

Fue realmente extraño aquel viaje de vuelta a Barcelona, esas 12 horas de ajetreo en aquel compartimento del tren. Sobre todo porque la nueva Eli nos inquietaba. Lo que me reconfortaba y me daba energías para seguir era la dulzura y alegría de S, estar con ella era suficiente. Mi timidez y falta de confianza en lo referente a las chicas hizo que, aquella noche que S y yo pasamos a solas en la habitación, la recuerde 25 años más tarde. No fui capaz de intentar ir más allá que disfrutar de la compañía, lo cierto es que ni me lo plantee, ni lo necesitaba, la magia era más que suficiente. La habitación era pequeña y contaba con un lavabo y, a aquel lavabo S fue a mear. El silencio y las dimensiones de la habitación me permitieron escuchar ese acto tan íntimo. Esa noche, y el encontrar a S -porque realmente entendí en aquel momento que solo me importaba ella-, me dio energía para afrontar el viaje de regreso a Barcelona. Hubiera abandonado a los demás sin dudarlo, y me habría quedado con ella para hacer el viaje de vuelta a solas y poder conversar hasta el empacho, o coger un tren con otra dirección distinta, que nos llevara a un lugar donde el tiempo fuese únicamente para nosotros.

Al graffiti, que me ofreció la oportunidad de descubrir tantas cosas…A MSC y a SOF.
 A Montse por su ayuda, a Cheone, Zefar y Cesart por su apoyo.

Printed in Great Britain
by Amazon

79066478R00129